Du monde entier

RUMENA BUŽAROVSKA

MON CHER MARI

Traduit du macédonien
par Maria Bejanovska

nrf

GALLIMARD

Titre original :

мојот маж
(MOJOT MAŽ)

Mon mari, le poète

J'ai rencontré Goran à un festival de poésie. Ses cheveux commençaient à grisonner – maintenant ils sont complètement gris, mais il pense que cela fait partie de son « nouveau sex-appeal », comme il m'a dit un jour. C'était soi-disant pour plaisanter, je crois qu'il le pense vraiment. Je voulais lui demander si son cheveu rare et son crâne à la texture de cire fondue faisaient aussi partie de son « nouveau sex-appeal », mais je me suis retenue – il n'accepte aucune critique. Il se fâche tout de suite et, quand il se fâche, il se met à m'injurier – et cela dure des jours, jusqu'à ce que je donne une preuve de soumission pour qu'il cesse d'être insupportable, comme réciter mine de rien un de ses vers.

Récemment, il était en rogne contre moi parce que j'avais refusé de lire les poèmes qu'il avait écrits la nuit précédente.

« J'ai pas le temps maintenant, demain, lui ai-je dit.

— T'as pas le temps pour trois poèmes, hein ? » J'ai senti la colère dans sa voix et j'ai immédiatement regretté mon refus. Mais c'était trop tard. Quoi que je dise ç'aurait été mal pris. Alors je me suis tue.

« Vas-y alors, perroquet savant », s'est-il écrié en claquant la porte. Il me traite de « perroquet savant » chaque fois que je suis en train de préparer mon cours pour le lendemain. Selon lui, si j'étais vraiment à la hauteur en histoire, je n'aurais pas besoin de préparer mon cours. « Quand on sait, on sait », m'a-t-il dit une fois en me regardant avec insolence droit dans les yeux.

Quant à ses poèmes, je n'avais vraiment pas envie de les lire, et encore moins de les écouter – une souffrance qu'il m'impose parfois. Lorsque nous étions amoureux et n'avions pas encore d'enfants, quand nous couchions ensemble et que nous étions allongés, encore essoufflés et en sueur, il se mettait à me murmurer ses vers à l'oreille. Il y était toujours question de fleurs, d'orchidées parce qu'elles « lui rappellent la chatte », des vents du sud, des mers ; il évoquait aussi des condiments et des produits exotiques, comme la cannelle, et des tissus, comme le velours. Cela donnait des figures de style où, par exemple, j'avais un goût de cannelle, ma peau était comme du velours et mes cheveux sentaient la mer – ce qui est faux, car ma mère m'a avoué une fois que mes cheveux puaient. Quoi qu'il en soit, dans ces moments-là ses paroles m'excitaient terriblement. Je m'enflammais de nouveau et voulais refaire l'amour, bien qu'il n'en fût pas toujours capable, de sorte que j'étais obligée de me repasser mentalement ses images et ses mots afin de rester excitée.

Maintenant il ne le fait plus, Dieu merci. Sa poésie me dégoûte à ce point que je n'ai pas envie de lire un seul de ses vers et encore moins de l'entendre les réciter. Malheureusement, je suis obligée de l'écouter, que je le veuille ou non, car, comme je l'ai dit, Goran se fâche facilement et je ne veux pas nous exposer, moi et les enfants, à ces querelles. Depuis que nous avons cessé de faire souvent l'amour, il me récite ses vers à haute voix au lieu de me les donner à lire. Un jour, tandis que je le regardais, debout au milieu du salon sous la forte lumière du lustre qui accentuait son gros nez et son teint terreux, je me suis progressivement rendu compte qu'en réalité sa poésie était exécrable. Elle ne se rapporte à rien d'autre qu'au fait qu'il écrit de la poésie. Je pense que cela l'excite sérieusement. Y compris sexuellement.

Voici un exemple :

Elle apporte les parfums
comme l'automne
dilués
comme les gouttes de pluie dans les yeux
les mots
font ce poème
mien

Ce n'est peut-être pas le meilleur exemple, mais c'est le seul que je connaisse par cœur, car les derniers vers, « les mots font ce poème mien », je les récite parfois mine de rien afin qu'il ne soit plus fâché contre moi. Je les chantonne – cela le flatte car il rêve depuis toujours qu'un compositeur les mette en musique. Il ne comprend pas que cela est impossible. Ces poèmes n'ont pas de rythme, ni de sens parfois. Ce sont des phrases creuses jetées par-ci par-là en pâture au béotien pour qu'en voyant un mot exotique comme « cannelle » ou « velours » il croie que ça signifie quelque chose. Comme je m'y laissais moi-même prendre autrefois quand j'étais jeune et stupide.

Mon Dieu, comme je l'étais, stupide, c'est vraiment incroyable. Je ne peux pas me le pardonner. Je voulais raconter comment nous nous sommes rencontrés. J'ai déjà dit que cela s'est produit lors d'un festival de poésie. J'y étais en tant qu'interprète car, avant d'enseigner l'histoire, je faisais de l'interprétariat pour gagner un peu d'argent. Dans le salon de l'énorme hôtel où étaient installés tous les poètes et les interprètes, nous nous sommes réunis un soir et nous nous sommes mis à chanter. Je sais maintenant que tous ces faiseurs de vers voulaient démontrer qu'ils étaient non seulement capables d'écrire des poèmes, preuve de leur âme sensible, mais qu'ils connaissaient aussi la musique traditionnelle et que, par-dessus le marché, ils avaient de l'oreille et savaient chanter. C'est alors qu'est apparu notre Goran. En accord avec le thème de la soirée, il portait une chemise blanche ornée de broderies. Je dois reconnaître qu'elle lui allait bien et qu'il était quand même beau gosse. À bien y réfléchir, c'est surtout à cause de cela que je suis tombée amoureuse de lui. Son torse était une véritable sculpture – ces épaules et ces bras, forts, velus... à vouloir y rester blottie éternellement et se laisser emporter n'importe où... Goran n'était pas assis comme les autres, il se tenait debout, à l'écart, adossé au mur, et observait la scène la tête légèrement penchée de côté. Au moment où tout le monde s'est tu, il s'est redressé et il s'est mis à entonner une chanson populaire – je pense que c'était *More sokol pie*, car je sais maintenant qu'il ne connaît que celle-ci. Il chantait tellement fort et d'une manière si théâtrale, les yeux fermés et la tête rejetée en arrière, avec sa pomme d'Adam qui montait et descendait, qu'il me rappelait un coq en train de pousser son cocorico. Je le trouvais ridicule mais, dans le même temps, je regardais son torse en m'imaginant serrée dans ses bras. Quand il a cessé de faire son cocorico, les autres ont applaudi et il m'a regardée. Ses yeux étaient un peu larmoyants, probablement à cause de l'effort fourni, mais moi, j'y ai vu de la tristesse. J'ai eu immédiatement envie de le consoler. Ce que j'ai fait le soir même dans sa chambre et c'est ainsi que tout a commencé.

Il continue de fréquenter les festivals de poésie – chaque fois que son travail, qu'il fait mal d'ailleurs, lui en donne la possibilité. Je l'imagine à ces festivals. La moitié de sa valise est remplie de ses plaquettes de poésie aux vilaines couvertures plastifiées. La plupart ont été traduites en anglais et en plusieurs langues balkaniques afin de permettre aux étrangers de comprendre son bla-bla. Comme je ne parle pas une langue qui l'intéresse, il ne m'a jamais demandé de le traduire, de toute façon il pense que je ne suis pas capable de traduire de la poésie, que je ne la comprends pas, car ces derniers temps, de toute évidence, je ne montre aucun intérêt pour ce qu'il fait. Les traductions de ses poèmes sont affligeantes. Pas en ce qui concerne le contenu – il n'y en a pas –, mais pour ce qui est de la grammaire. Il peut remercier son avarice. Il veut être traduit mais ne veut pas payer, alors il trouve de pauvres jeunes filles, probablement séduites par son « sex-appeal » d'homme mûr, pour le traduire, moyennant une misérable rémunération. Je l'ai entendu plusieurs fois marchander avec elles – pour les remercier il leur propose dix exemplaires de son livre. J'ai vraiment honte, mais que faire ?

À son retour des festivals, il me montre les photos qu'il a prises avec son appareil numérique. Il demande souvent à quelqu'un de le photographier en train de réciter au micro, derrière un pupitre, tenant dans sa main une de ses vilaines plaquettes. Sur toutes les photos il se donne « un air poétique » – je le lui dis ouvertement car cela le flatte, je me demande pourquoi –, ses sourcils sont levés, l'un un peu plus haut que l'autre, comme pour exprimer son inquiétude, mais aussi sa sensibilité. Il bombe le torse. Ses cheveux sont toujours soigneusement lavés et flottent au vent printanier des petites villes côtières dont il affectionne particulièrement les festivals. Sur les autres photos il y a souvent des femmes – je veux dire que les hommes y sont rarement présents. Je ne redoute pas les hôtesses des festivals ni les jeunes filles. Je ne pense pas qu'il leur plaise car il est vieux et trop ridicule à leurs yeux. Je crois que son charme s'exerce désormais auprès d'une autre catégorie. Composée de dames un peu fortes, avec des bourrelets à la taille et sous les aisselles, là où le soutien-gorge s'enfonce dans la graisse. Elles portent des chemisiers cintrés rouges ou noirs. Leurs cheveux sont le plus souvent teints en brun, leurs lèvres peintes en rouge et leur tête surmontée d'un chapeau extravagant. Des bijoux clinquants ornent leur cou et leurs doigts grassouillets. Elles veulent rayonner de féminité, de mystère, elles veulent sentir la cannelle, et que leur voix soit douce comme du velours. Qu'elles essaient. Peut-être Goran saura-t-il leur venir en aide. Moi, je m'en fous.

Mais la nuit, parfois, il se serre contre moi et me dit « orchidée, ouvre-toi », et moi, je m'ouvre.

La soupe

Je me lève le matin et je regarde le petit récipient où il avait l'habitude de faire bouillir l'eau. À côté du pot de sucre de canne, sa boîte de thé vert. Je l'ouvre et je constate qu'il ne reste que trois sachets. Je les finirai, je me dis. Et après ? Je ne sais pas. Je ne sais même pas si je vais jeter cette boîte ou la laisser là où elle est, car c'est sa boîte de thé vert.

Le thé a un goût amer et je n'aime pas ça. Je sais qu'il faut le boire sans sucre, comme il le faisait. Si tout allait bien, j'aurais mis du sucre. Non, j'aurais bu du café, comme je le faisais tous les matins jusqu'à maintenant. Mais maintenant, je dois finir son thé. Il est amer et a mauvais goût. Rien ne doit être savoureux pour moi. Brûlant et amer me convient.

Vers midi, j'ai la visite de ma copine Marija. Je vais lui ouvrir et, une fois au salon, elle s'assoit toujours à ma place. Elle ne se demande jamais si j'y étais assise. Ses fesses ne sentent jamais la chaleur de l'endroit, elle ne se dit jamais : « Attends, ma copine y était peut-être assise, je lui ai peut-être pris sa place ? » Ça, c'est Marija. Elle ne se pose jamais de questions. Elle arrive vêtue d'une minijupe noire, un collant noir fin, des bottes à talons, une veste, un chemisier et des ongles rouges, rouge à lèvres, mascara, eye-liner, paillettes sur les paupières, ses boucles d'oreilles provocantes brillent et bougent à chaque petit mouvement de la tête. Elle est allée chez le coiffeur. Elle sort de chez la manucure. Elle a un parfum agressif, lourd et amer qui me donne envie de vomir. Mais il faut que j'aie envie de vomir, alors je me rapproche d'elle.

« Je t'ai apporté de la soupe, me dit Marija.

— Je ne suis pas malade, pour que tu m'apportes de la soupe », je lui réponds. Je sais que je suis agressive, mais mon mari est mort.

« Je l'ai préparée aujourd'hui, spécialement pour toi. Il faut que tu manges un peu plus. Tu vas tomber malade. »

Je me tais. Elle n'avait pas besoin de se mettre sur son trente et un pour venir me voir. J'allume une cigarette.

« Tu devrais aérer, me dit Marija comme si elle était chez elle. Il y a une odeur bizarre ici.

— C'est toi qui sens bizarre. »

Marija soupire.

« J'ai du travail. Je reviendrai demain. »

Ses mots sonnent comme une menace.

Je m'approche de la fenêtre et la regarde partir. Elle roule du cul quand elle marche avec ses hauts talons. Sa chevelure ondule. Elle fouille dans son sac avec ses doigts fins et ses ongles vernis. On doit entendre le bruit des clés, du maquillage, des paquets de mouchoirs parfumés, de chewing-gums. Elle sort la clé et la dirige vers sa voiture étincelante, tout juste sortie du lavage. Les clignotants s'allument et la voiture pousse une petite exclamation comme si elle était heureuse de voir Marija arriver pour la conduire. Une douce brise printanière se lève et se glisse dans ses cheveux avant qu'elle monte dans la voiture. Les feuilles encore jeunes et les branches fragiles commencent à bruire. Comme si elles voulaient dire : « Ciao Marija ! » Elle quitte le parking et s'en va quelque part où elle va rire, découvrant ses dents blanches, pouffer de rire, plaisanter, continuer de vivre. La rue est encore ensoleillée quand elle disparaît, laissant la place à un garçon et une jeune fille. Ils se tiennent par la main. Ils rient bruyamment. La jeune fille embrasse le jeune homme dans le cou. Derrière eux marchent deux *teenagers.* Ils parlent fort et s'esclaffent. Tout le monde est légèrement vêtu. Le soleil resserre leurs pupilles et accentue les taches de rousseur sur leur visage. Comment n'ont-ils pas honte, je me dis. Le monde continue alors que Sveto est sous terre. Maintenant il commence à se désintégrer. Son corps est froid, comme s'il était dans un réfrigérateur, tel qu'il était quand je l'ai touché dans le cercueil. La terre fait pression sur la caisse. On dit que les vers mangent les morts. Comment font les vers pour entrer dans le cercueil, je me demande. Ou se créent-ils d'eux-mêmes dans le corps ? Comment c'est possible de se créer de soi-même ? Une voiture diffusant de la musique à fond s'arrête devant le bâtiment. La musique est joyeuse et horrible. Je m'éloigne de la fenêtre.

J'allume une autre cigarette et regarde la soupe de Marija. Au poulet, comme si j'étais malade. Je préparais souvent de la soupe au poulet pour Sveto. Il l'aimait beaucoup. J'en faisais une énorme casserole et il en mangeait trois assiettes deux fois par jour – à midi et le soir. Parfois, il s'en donnait même mal à l'estomac. Tu prépares la meilleure soupe du monde, me disait-il. Un jour, D. m'a demandé de lui apporter quelque chose à manger. Sveto était au bureau. J'ai mis un peu de la soupe de Sveto dans un pot. Et je l'ai apporté à D. Puis on a fait ce qu'on a fait. Une fois revenue à la maison j'ai remarqué qu'il m'avait écrit. Que la soupe était trop délicieuse. Que je lui en apporte un peu plus la prochaine fois car il était un homme de grande taille. Une semaine plus tard j'ai préparé la soupe pour Sveto. Cette fois-ci, j'en ai fait davantage et j'en ai mis la moitié dans deux pots pour D. Tu m'as apporté de nouveau trop peu de soupe, m'a-t-il écrit le soir. S'il te plaît, la prochaine fois je voudrais toute une marmite. Et il s'est mis à le répéter chaque semaine. Puis un jour, j'ai préparé une grande marmite de soupe pendant que Sveto était au bureau. J'ai rempli quatre pots en laissant un peu de soupe au fond de la marmite. Quand je suis rentrée le soir à la maison, Sveto m'attendait dans le salon. « Ma chérie, on va se fâcher, me dit-il. Pourquoi m'as-tu préparé si peu de soupe ? »

Ma mère m'appelle au téléphone. Je sais qu'elle veut passer me voir et m'agacer avec ses stupidités. À chaque visite, elle essaie de me mettre de bonne humeur – soi-disant pour me faire oublier ce que je traverse –, et elle me parle de ses amies, de ses petits-enfants, des enfants de mon frère, et, parfois, elle se met à me parler politique. Tout ça m'énerve terriblement. Néanmoins je réponds au téléphone et j'accepte qu'elle vienne. Elle finira peut-être par comprendre que je n'ai pas envie de la voir, ni elle ni personne d'autre.

Elle arrive en fin d'après-midi, je reconnais ses pas

devant la porte d'entrée. Elle marche comme un soldat. Son pas pourrait tirer un homme de son plus profond sommeil, mais pas de la mort. À l'enterrement elle marchait déjà ainsi, de façon militaire, même là elle n'avait aucune notion de la façon dont elle devait se comporter. Elle sonne à la porte plusieurs fois, une manière de me signaler que c'est elle. Des coups brefs, par intermittence, agressifs. Je décide de la faire attendre quelques instants et je ne me lève pas du canapé. Qu'elle reste un peu devant la porte, elle comprendra peut-être que je n'ai pas envie qu'elle vienne. Elle recommence à appuyer sur la sonnette et, pour éviter de m'énerver, je me lève et vais lui ouvrir.

« Ça sent fort la cigarette ici, dit-elle à peine entrée, et elle se met à ouvrir les fenêtres et la porte du balcon.

— Laisse », je lui réponds, tout en sachant que cela n'aura aucun effet. Chaque fois qu'elle vient, elle se comporte comme si elle était chez elle, elle déplace mes objets, range mes affaires, ouvre les portes et les fenêtres.

« Tu devrais moins fumer. » Elle se tourne vers moi après avoir tout ouvert. Les rayons orangés du soleil couchant commencent à baigner l'appartement. L'odeur des tilleuls entre. La nature aussi continue à vivre, bien que Sveto soit dans la tombe, je pense avec colère.

« Je ne devrais rien du tout. » Et j'allume une autre cigarette.

Elle s'assoit à côté de moi et soupire.

Elle commence à me parler de son amie Mira, et du comportement de son chef envers elle. Il ne lui a pas accordé une journée de congé, même pour le mariage de son fils, et quand, enfin, il a accepté de le faire, il ne l'a pas comptée comme une journée de congé, ou quelque chose comme ça. Je ne l'écoute pas, comme d'habitude. Je me concentre sur les rides autour de ses lèvres. Elle a fumé pendant de longues années et, à force de tirer sur la cigarette, des rides se sont formées. On remarque surtout celles au-dessus de la lèvre supérieure quand elle prononce les voyelles « o » et « u ». Le rouge à lèvres orange, qui lui va horriblement mal et qui accentue son teint jaune, s'est incrusté dans ses rides. Quand elle ouvre un peu plus la bouche pour prononcer les voyelles « e » et « a », je vois sa langue de vieille, avec une couche blanchâtre, comme si elle était malade, comme si elle avait mauvaise haleine, bien qu'elle ne l'ait pas, elle devrait. Je vois qu'une canine de la mâchoire supérieure est un peu ébréchée. Les autres dents naturelles ont jauni et celles dotées d'une couronne ont noirci au niveau de la gencive et sont en train de se déchausser. Les gencives aussi ont l'air vieilles et malades.

« Tu devrais aller chez le dentiste », je l'interromps.

Ma mère regarde ses mains croisées sur ses genoux, où apparaissent des taches de vieillesse. Elle se tait.

« Et achète-toi un nouveau rouge à lèvres, de meilleure qualité. Celui-ci déborde dans tes rides. Si tu voyais à quoi ressemble ta bouche comme ça. » Je sens que je suis impitoyable, mais je n'en ai rien à faire qu'elle m'ait mise au monde.

Ma mère continue de fixer ses mains prématurément vieillies. Je vois qu'elle a même tracé un trait de crayon sous ses yeux et que lui aussi a débordé dans ses rides. Ça aussi, j'aimerais le lui dire.

« Où veux-tu que je trouve de l'argent pour tout ça,

ma fille », me dit-elle en levant les yeux. J'ai l'impression qu'ils sont remplis de larmes. Elle aussi aurait le droit de pleurer, je pense, et je regarde de nouveau ses mains. Je remarque qu'il y a un petit trou sur sa manche et que son chemisier est usé. Je ne réponds pas et allume une nouvelle cigarette.

« As-tu mangé quelque chose aujourd'hui, ma fille », me demande-t-elle d'une voix douce qu'elle n'employait jamais avant qu'on mette Sveto dans la tombe.

Je balaie l'air de la main.

« Veux-tu que je te prépare quelque chose. Que j'aille acheter quelque chose ? Tu dois manger un peu, ma fille. » Et elle pose sa main sur mon genou. Je me hérisse à son toucher. Elle me dégoûte, comme la tristesse que je devrais ressentir, mais je suis sans pitié.

« Marija m'a apporté de la soupe.

— Tu en as mangé ?

— Non. Si tu veux, mange-la. Moi, je n'en veux pas. »

Ma mère se lève et va dans la cuisine. Du salon je vois son dos. Je la vois déplacer la casserole que Marija a enveloppée d'une sorte de bande stupide pour maintenir le couvercle en place, et allumer la plaque. Puis elle s'appuie de ses deux mains sur le plan de travail et lève la tête comme si elle étirait son cou. J'entends un reniflement étouffé. Puis elle baisse la tête et se dirige vers la droite, aux toilettes je suppose, où elle reste un certain temps, tandis que moi, je reste assise sur le canapé et fume.

Ma mère revient dans la cuisine, et j'entends le bruit de la vaisselle et des couverts. Elle pose quelque chose sur la table. Ouvre les placards. Elle les referme en les claquant, car elle n'a jamais été douce. Quand j'étais petite et qu'elle me séchait les cheveux, elle me faisait mal avec ses ongles.

« Viens me tenir compagnie », je l'entends s'asseoir à la table de la cuisine. Je n'ai pas le choix. Si elle mange, elle va peut-être s'en aller, et je ne serai pas obligée de jeter la soupe.

Il y a deux assiettes pleines de soupe sur la table – j'aurais dû m'en douter.

« Mais je n'ai pas envie de manger, je te l'ai dit », je parle d'une voix coléreuse en tirant fort sur la cigarette.

« Peut-être que ça te donnera envie, de me voir manger. Ne te force pas. On va la jeter, cette soupe, ne te fais pas de souci », me dit-elle. Une fumée monte de la soupe. Comme d'habitude, elle l'a trop fait chauffer. Elle fait toujours trop chauffer les choses. Petite, je me suis brûlé la langue cent fois à cause de ses plats trop chauds. Elle fait chauffer quelque chose pour te rendre service, et ce faisant elle te blesse.

« Pour une fois dans ta vie, tu ne peux pas apprendre à ne pas réchauffer les choses à mort ? Tu veux que je me brûle ? De toute façon la soupe est trop chaude et c'est de la bouillie », dis-je en m'emmêlant dans mes propos, mais je m'assois. Ma mère se tait. Elle caresse le manche de la cuillère posée délicatement sur la serviette, et je fixe de nouveau ses mains vieillies, les ongles rugueux aux longs sillons verticaux.

Ma mère soupire.

« Tu te souviens quand tu gardais ton petit frère et que tu as voulu lui réchauffer les restes du plat du midi et que tu t'es brûlée ? me demande-t-elle.

— Pas vraiment, mais je sais que j'ai toujours la cicatrice. » J'espère qu'avec ce souvenir je vais pouvoir aussi la blesser un peu.

« Fais voir », me dit ma mère.

Je lui tends ma main gauche. En dessous de mon pouce il y a une tache rose en forme de petit lapin. Ma mère essaie de l'embrasser et ça me dégoûte. Je retire ma main et la pose sur mes genoux.

« Ton père était en séminaire. Il devait rentrer le lendemain. J'étais seule avec vous deux. Ta tante devait vous garder, ou ta grand-mère, l'une ou l'autre, mais elle s'est désistée au dernier moment. J'avais un rendez-vous, je devais voir un ami. » Elle fait une pause, avale sa salive. « Il aurait été très fâché si je n'étais pas venue. J'étais amoureuse de lui. » Elle me regarde droit dans les yeux. « Il m'avait ensorcelée. Je quittais mon travail plus tôt pour le retrouver ou, s'il y avait quelqu'un pour vous garder, après le travail j'y allais pendant une heure rien que pour sentir son odeur. »

À mesure que ma mère me parle, je sens mon cerveau se vider.

« C'est pourquoi je t'avais demandé de garder ton frère pendant deux heures. Mais les deux heures en sont devenues trois. Et ton frère avait faim. Alors tu as décidé de réchauffer le déjeuner, parce que je t'avais dit de lui donner quelque chose à manger s'il avait faim – mais je ne t'avais pas dit quoi. Et en rentrant à la maison, depuis le premier étage j'ai senti une odeur. Je me suis mise à courir dans l'escalier et je me suis cassé le talon. On vous entendait crier tous les deux. Je suis entrée, la cuisine était remplie de fumée blanche. Par terre, il y avait une casserole renversée, le contenu brûlé répandu au sol. Tes cris venaient de la salle de bains. J'ai accouru », à cet instant ma mère a serré la cuillère, « et je t'ai vue tenant ta petite main sous le jet d'eau froide en pleurant fort. Ton frère, haut comme trois pommes, sanglotait aussi en se serrant contre ta jambe. Son visage était rouge et mouillé de larmes. Quand il m'a vue, il s'est précipité vers moi et a entouré mes genoux. Je l'ai repoussé parce qu'au même moment tu t'es retournée et j'ai vu ta bouche tordue, tes yeux gonflés par les pleurs, ton visage comme je ne l'avais jamais vu. Ton frère s'est cogné contre la machine à laver et s'est mis à crier encore plus fort. Tu as crié toi aussi en me voyant, tu sautais sur place en répétant "ça fait mal, ça fait mal", alors j'ai vu ta petite main gonflée par la brûlure. J'ai eu envie de mourir, mon enfant », dit ma mère en baissant la tête. De sa main de vieille, elle se cache les yeux.

J'ai le regard qui se trouble et vois quelque chose tomber dans l'assiette de soupe devant moi. Puis je prends la cuillère et commence à manger.

L'adultère

Mon mari a une maîtresse. Voici comment je l'ai découvert : avant de mettre son pantalon dans la machine à laver, je retourne toujours ses poches pour vérifier qu'il n'y a rien dedans. D'habitude je trouve de la monnaie, des petits papiers pliés avec des chewing-gums déjà mâchés, du tabac. Mais cette fois, il y avait aussi une facture froissée. Je l'ai dépliée. Marlboro, Orbit, Duredj. Duredj ? Je me demandais ce que cela voulait dire. Le montant était de cent quatorze denars. Et là, j'ai compris avec horreur que ça devait être Durex. Les préservatifs. Il n'y a pas de chewing-gums Durex, je me suis dit. De cigarettes non plus. Pas d'eau qui s'appelle ainsi. Je devais vérifier tout cela avant de le confondre avec la facture, je devais être sûre qu'il s'agissait de préservatifs. J'ai regardé encore une fois le reçu et j'ai retenu l'adresse. Station-service Makpetrol, Avtokomanda, à environ vingt minutes en voiture de là où nous vivons, dans le quartier de Vlae, à Skopje. J'ai mis en marche la machine à laver, j'ai démarré la voiture et je me suis rendue à la station-service Makpetrol à Avtokomanda.

J'ai demandé s'ils avaient des préservatifs. J'avais un peu

honte, mais la crainte de la possible découverte m'a donné du courage. J'ai pris des préservatifs Durex. Je les ai tendus à la caissière. Je les ai payés. Elle m'a donné une facture. Il y était écrit *Duredj. Cent quatorze denars. Station-service Makpetrol, Avtokomanda.*

Je suis rentrée à la maison. La machine à laver avait terminé son cycle. J'ai étendu le linge de mon mari et de mes enfants. J'ai regretté cent fois de ne pas avoir reniflé ses chemises, de ne pas avoir vérifié s'il y avait une trace de rouge à lèvres, comme j'avais vu dans les films. Je me disais tout cela en étendant ses chemises. Je me suis aperçue qu'il était bientôt dix-neuf heures. Il m'avait dit qu'il avait un dîner d'affaires et je me suis contentée de réchauffer le déjeuner de la veille pour les enfants. Je me suis assise dans le salon et j'ai attendu son arrivée. Le reçu et les préservatifs étaient dans la poche de mon pull. Peu après j'ai entendu le bruit de la clé dans la serrure, ses pas, sa mallette posée dans l'entrée, son manteau accroché à la patère. Mon cœur battait fort pendant que je m'imaginais ce que j'allais lui dire, et que faire si j'avais la confirmation qu'il avait une maîtresse.

« Taniaaaa, a-t-il hurlé de l'entrée. Viens ici ! » a-t-il crié avec colère.

Je me suis précipitée.

« Qu'est-ce que c'est, cette eau ici ? » Et il a montré du doigt deux petites flaques d'eau près de ses chaussures.

« Je ne sais pas. » J'étais étonnée aussi. Peut-être à cause du parapluie d'Aneta ? Ou peut-être de celui de Sacha.

« Alors, essuie-la », m'a-t-il lancé en se dirigeant vers le salon. Il s'est installé sur le canapé, a pris la télécommande et s'est mis à zapper d'une chaîne à l'autre pendant que j'épongeais.

Ça contrariait mes plans. Je m'étais imaginé qu'il allait prendre place en face de moi au salon. Que j'aurais commencé par lui dire : « Zoran, assieds-toi, nous devons parler. » Puis j'allais glisser la facture sur la table en montrant du doigt l'endroit où il était écrit « Duredj » en lui disant : « Qu'est-ce que c'est que ça ? » Ensuite, je ne savais pas ce qui allait se passer.

Après avoir épongé l'eau dans l'entrée, je suis venue dans le salon et je me suis assise dans le fauteuil en face de lui.

« Zoran. » Il ne s'est pas retourné. « Zoran, j'ai répété.

— Mmm », il a fait, sans décrocher son regard de la télé. Il a juste levé un peu son menton vers moi.

« J'ai trouvé ça dans ta poche », je lui ai dit et j'ai sorti la facture. Mais mes mains tremblaient, alors je l'ai balancée sur la table et j'ai serré mes paumes entre mes genoux.

« Qu'est-ce que c'est », il a demandé après avoir jeté un coup d'œil sur le papier, puis en reportant son attention sur la télé.

« Facture, lui ai-je dit, en essayant de calmer ma voix. Pourquoi as-tu acheté des préservatifs ? » j'ai osé prononcer le mot.

Là, j'ai attiré son attention.

« De quels préservatifs tu parles ? » Il s'est relevé, a pris la facture. Il l'a éloignée de ses yeux car il a besoin de lunettes pour voir de près.

« Tu as acheté des cigarettes, des chewing-gums et des Durex à la station-service à Avtokomanda. Qu'est-ce que tu faisais là-bas ? Pourquoi as-tu acheté des préservatifs ?

— Mais qu'est-ce qui t'arrive ? Tu es malade ? » il m'a dit en jetant la facture sur la table. Il me regardait avec mépris. Je ne savais pas quoi répondre. Je serrais les lèvres pour ne pas pleurer.

« Eh merde ! Comment veux-tu que je sache où j'ai ramassé cette facture ? D'abord, comment tu sais qu'elle est à moi ?

— Elle était dans ta poche !

— Et alors ? Je l'ai peut-être ramassée dans un magasin par erreur ? »

Il y avait là une logique. Puis je me suis souvenue des cigarettes et des chewing-gums.

« Et pourquoi as-tu acheté des cigarettes et des chewing-gums ?

— Tu es complètement folle, comme si j'étais le seul à fumer ces cigarettes et à mâcher ces chewing-gums ? Allez, ne me fatigue plus avec tes conneries », et il s'est renfoncé dans le canapé avec la télécommande à la main, l'air renfrogné.

Comme je ne savais pas quoi dire, je suis restée silencieuse.

« Tu recommences avec tes conneries, a-t-il murmuré. Tu t'imagines, tu espionnes, tu fouilles, tu contrôles.

— Ce n'est pas vrai, lui ai-je répondu.

— Mon cul, a-t-il dit avec mépris. Va te faire soigner. Tu as fouillé dans mes poches.

— Ce n'est pas vrai. J'ai seulement vérifié que tu n'avais rien oublié dans tes poches avant le lavage... » Il m'a interrompue.

« Mon cul ! Pareil avec mon téléphone, pas vrai ? Tu ne fouilles pas dedans ? Tu ne lis pas mes mails, hein ?

— C'est arrivé qu'une fois ! » Je mentais et je me suis mise à pleurer.

« Allez, arrête de pleurnicher, espèce de malade. Tu passes ton temps à inventer des choses », a-t-il dit en se levant. Il est allé dans la salle de bains. Une demi-heure plus tard, il m'a crié de lui apporter un slip et un tee-shirt, et de lui donner le peignoir.

Depuis ce jour, je me suis mise à farfouiller plus souvent dans son téléphone, même si c'était devenu un peu plus difficile qu'auparavant. Il le gardait en permanence dans sa poche et ce n'est que rarement qu'il le laissait dans l'appartement. Quand il le faisait, je devais rapidement vérifier s'il avait reçu un message, mais comme je ne connaissais pas bien ce modèle de portable, je ne pouvais pas le faire rapidement, le reposer sur la table et attendre que l'écran s'éteigne. Je ne pouvais pas non plus accéder à ses mails parce qu'il avait changé son mot de passe. J'ai essayé de le deviner : la dernière fois c'était son nom et sa date de naissance, c'était simple. J'ai tenté les noms des enfants et leurs dates de naissance, mais non. À un moment j'ai même essayé avec mon prénom, en plusieurs combinaisons – Tania, Tanjitchka, Tatiana –, mais non. Tous mes efforts pour trouver son code n'ont fait que bloquer sa messagerie. Il ne m'a rien dit à ce propos, ce que j'ai trouvé bizarre. Il a peut-être pensé qu'une autre femme fouillait dans ses mails, et a voulu me le cacher ? J'avais commencé à faire tout ça bien avant que j'apprenne qu'il avait une maîtresse. Auparavant, je ne lui en connaissais pas, même si je lisais régulièrement ses mails et fouillais dans son téléphone. Mais je m'en doutais.

Le deuxième indice est arrivé dix jours après, quand il est rentré très tard du bureau. Il m'avait avertie – me disant qu'il avait un dîner, qu'il resterait plus tard parce qu'il devait conclure une affaire avec des Suisses. Il a dit qu'il avait aussi l'intention de leur faire visiter la ville, si besoin, et qu'il rentrerait tard. Il est arrivé à la maison après deux heures du matin. Bien entendu, je ne dormais pas, mais je faisais semblant. Je l'ai entendu entrer, enlever ses chaussures, poser sa veste, aller aux toilettes. L'eau du robinet a coulé longtemps. Il se lavait. D'habitude, il ne met pas autant de temps à se laver. Puis il est allé au salon et a allumé le téléviseur. Il s'est endormi devant. Je me suis approchée de lui et je l'ai embrassé dans son sommeil. Il a sursauté. « Mais qu'est-ce que tu fais ? Pourquoi tu me réveilles ? » a-t-il crié, furieux, la langue épaisse. Il devait être surpris que je l'embrasse. Je voulais seulement le sentir, pas l'embrasser. Il sentait le savon, mais aussi un parfum de femme.

Le troisième indice que, décidément, il se passait quelque chose a un rapport avec son téléphone. Voici comment c'est arrivé : en revenant du bureau, Zoran s'est allongé pour faire une petite sieste. Il m'a demandé de le réveiller à huit heures et quart parce qu'il avait un dîner d'affaires. Il a précisé que le dîner devait commencer à neuf heures, ce qui était inhabituellement tard. Entre-temps ma mère m'a appelée et m'a proposé de venir prendre un café chez elle, qu'on se voie – ce qu'elle fait rarement. J'ai dit à ma fille de le réveiller et je suis partie. En y réfléchissant un peu plus, en fait je ne voulais pas le réveiller, car je sentais qu'il n'irait pas là où il m'avait dit. Je ne voulais pas me l'avouer à moi-même. Quand je suis revenue de chez ma mère, il dormait encore alors qu'il était presque dix heures. Ma fille n'était pas à la maison. J'ai vu qu'elle m'avait envoyé un message me disant qu'elle devait sortir et que je téléphone à son père pour le réveiller. Je suis entrée dans la chambre à coucher et je l'ai réveillé. Il s'est levé, ébouriffé et de mauvaise humeur, comme toujours au réveil. « Quelle heure est-il ! a-t-il crié encore somnolant. Pourquoi tu ne m'as pas réveillé !!! » a-t-il hurlé en constatant qu'il était en retard de quarante-cinq minutes. D'abord j'ai essayé de lui expliquer, puis j'ai compris quelque chose d'essentiel : aucun de ses collègues ne l'avait appelé pour lui demander où il était. « Comment se fait-il que tes amis ne se soient pas inquiétés de ton retard ? » lui ai-je demandé en lui jetant un regard insolent. Pour la première fois, je le voyais confus. Il ne m'a même pas répondu, il a quitté la chambre furieux et est entré dans la salle de bains, où il a laissé couler longtemps l'eau du robinet. Je me suis assise sur le lit conjugal en fixant mes pieds avec inquiétude. Son téléphone était posé sur la table de chevet, et je l'ai remarqué au moment où un message est apparu. J'ai jeté un coup d'œil à l'écran : il n'y avait qu'un numéro, pas de nom. Et un SMS : « ??? » Puis l'écran s'est éteint. Mais j'avais retenu le numéro.

Je ne pouvais rien découvrir toute seule, c'est pourquoi j'ai décidé de me confier à mon amie et voisine Sandra. Avec Sandra, nous prenions un café presque tous les jours vers dix-huit heures. Quand mon mari était à la maison, j'allais chez elle. Elle est veuve. Le lendemain, je lui ai tout raconté, et Sandra a proposé d'appeler le numéro que j'avais noté. Il fallait savoir s'il s'agissait d'une voix masculine ou féminine. Et si possible obtenir un nom. Mais c'était infaisable – comment obliger la personne qu'on appelle à se présenter ? Mais Sandra était incroyable. Elle ne s'est même pas préparée, ne m'a même pas demandé mon avis – elle a pris le téléphone portable et a composé le numéro d'un geste décidé.

« Allô, bonsoir, a-t-elle dit d'un ton assuré, j'ai manqué un appel de ce numéro. Qui est au téléphone ? » Silence à l'autre bout du fil. « C'est Sandra Stojanovska, a-t-elle ajouté en mentant sur le nom de famille, et vous ? » a-t-elle demandé poliment, amicalement. De nouveau un petit silence. « Je m'excuse, ça doit être une erreur. Je ne sais vraiment pas ce qui a pu se passer. En tout cas, je vous prie de m'excuser pour le dérangement », et elle a coupé la communication.

« Emilija, a-t-elle dit avec un regard inquiet. Tu la connais ? »

J'ai mis du temps à comprendre ce que Sandra me demandait. Elle m'a secoué le bras. « Tu vas bien ? » Et elle m'a apporté un verre d'eau, m'ordonnant de boire. J'avais quelque chose qui se nouait dans mon ventre et en même temps j'y sentais un vide. Ça doit être comme ça quand les tripes se retournent, j'ai pensé.

« Il y a une Emilija qui travaille avec lui », ai-je dit à mon amie. En me rappelant tout ce que mon mari m'avait raconté, je sentais ma douleur s'aggraver. « Une jeune assistante. Donc, beaucoup plus jeune que moi. » J'avais la bouche sèche et je n'arrêtais pas de boire de l'eau. « Une fois, il m'a dit qu'ils avaient des jeunes gens très ambitieux dans leur équipe. Et qui étaient arrivés récemment. Embauchés depuis moins d'un an. » J'ai essayé d'imaginer à quoi elle ressemblait, mais je n'avais jamais vu de photo. Je la voyais petite, fine, avec un nez droit, les yeux bleus, les cheveux clairs avec des mèches.

Je n'ai pas cessé de vomir les deux jours qui ont suivi. À la maison, on pensait que j'étais malade. J'étais couchée, mais je me levais pour préparer à manger et, naturellement, je me levais le matin pour donner à Zoran une chemise et un pantalon, choisir les chaussettes qui vont avec, lui servir son café, puis l'accompagner jusqu'à la porte. Pendant qu'il faisait sa toilette dans la grande salle de bains, je vomissais dans les WC des invités. Sandra m'avait dit de ne lui parler de rien avant d'avoir des preuves. Secrètement, j'avais envie qu'il me voie vomir, qu'il sache que j'étais malade à cause de lui. Mais il n'a rien remarqué. Le matin, avant de partir au bureau, il était très nerveux. Et quand il revenait le soir il était fatigué. Pendant ces deux jours il est rentré à la maison très tard. Il ne répondait pas à mes appels téléphoniques ou, quand il décrochait, c'était pour me dire qu'il était en réunion. Il sentait le parfum de femme. À cause de cette puanteur ou pour une autre raison, j'allais vomir de nouveau dans les toilettes et, quand je revenais dans la chambre, il dormait sans s'être rendu compte de rien.

Sandra m'a dit qu'il lui suffirait de deux jours pour apprendre qui était Emilija et ce qui se passe entre elle et

Zoran, à supposer qu'il se passe quelque chose. Elle m'a dit qu'elle connaissait des personnes qui travaillaient dans la même société et qu'elle pourrait éventuellement gratter des informations. Je suis allée chez elle, au prétexte de prendre un café, malgré mon estomac noué. Sandra m'a fixée, inquiète. Elle m'a dit de m'asseoir, m'a pris la main et m'a regardée droit dans les yeux. Puis elle m'a tout raconté – qu'il y avait des rumeurs, qu'ils restaient après le travail au bureau pour élaborer des projets, qu'elle avait eu une promotion probablement grâce à lui. Mais, d'après Sandra, on la disait compétente. Elle avait vingt-sept ans. Donc quatorze ans de moins que moi, et dix-sept ans de moins que lui. Dans peu de temps elle aura des vergetures, de la cellulite, du gras sur le ventre, sur les cuisses. Cette petite pute n'a pas encore eu d'enfant, j'ai pensé.

Sandra a posé sa main sur mon bras. « Il faut que tu réfléchisses de façon positive. Tout reprendra sa place. L'univers nous renvoie notre énergie. Accepte la bonne énergie de l'univers, et débarrasse-toi de la mauvaise, ainsi ton âme trouvera son équilibre. Respire par le nez », m'a-t-elle dit en fermant les yeux. Elle a levé haut son menton, s'est mise à respirer profondément en caressant de sa main droite l'air devant elle chaque fois qu'elle inspirait. Moi aussi, je respirais par le nez. Une fois, deux fois, trois fois. « Tes pensées vont maintenant se purifier, a repris Sandra, sa paume brûlante posée sur ma main. Je te donne de l'énergie, m'a-t-elle dit, comme si elle lisait dans mes pensées. Tu sens ? »

J'ai hoché la tête. Puis je lui ai dit : « S'il te plaît, donne-moi ton fixe. Je vais l'appeler pour entendre sa voix. »

J'ai continué à l'appeler trois jours de suite. J'appelais, je raccrochais. J'ai trouvé un truc pour camoufler mon numéro. Elle décrochait, je raccrochais. Puis j'ai trouvé le numéro de son téléphone fixe. Je téléphonais chez elle et j'entendais une petite voix faible, tremblante. « Allô, je voudrais parler à Emilija ? » « Qui la demande ? » et je raccrochais.

« Sa mère est atteinte de sclérose en plaques, elles vivent seules. Le père a une autre famille. Et, tu te rends compte, au lieu de rester à la maison et de s'occuper de sa mère, elle va travailler », a dit Sandra le regard plein de mépris. Le mien en était plein aussi. Qu'ajouter sur cette petite pute d'Emilija, sinon qu'elle ne s'occupait pas de sa mère et que, lycéenne, elle avait rompu avec un jeune homme après trois ans de relation, le poussant à la dépression et à l'idée de suicide. Ce sont les seules informations compromettantes que j'ai pu recueillir sur elle. Et, bien sûr, qu'elle baise avec un homme marié, père de deux enfants, plus âgé qu'elle de dix-sept ans.

C'est ce que j'ai dit à sa mère le lendemain quand j'ai appelé chez elle. Ce jour-là, Zoran est rentré plus tôt. Son visage était gris et plein de colère.

« Tu as encore mis des carottes dans la soupe ! il s'est mis à crier de la cuisine après s'être assis à table. Tu sais que je déteste les carottes !

— Je pensais que tu ne mangeais pas à la maison aujourd'hui, excuse-moi », j'ai balbutié. Mais j'avais le sentiment qu'il ne criait pas à cause des carottes.

« Incapable ! Tu n'as pourtant rien d'autre à faire à part le déjeuner ? Hein ? Es-tu seulement capable de faire quelque chose correctement ? » hurlait-il.

J'ai fondu en larmes.

« Qu'est-ce qu'il y a maintenant ? Pourquoi tu chiales ? m'a-t-il dit un peu plus calme, mais toujours le visage gris.

— Tu as une maîtresse », ai-je bredouillé.

Son visage est devenu encore plus gris.

« Pardon ? » a-t-il crié, comme toujours quand je l'énervais. Il m'a poussée à répéter ce que j'avais tant de mal à prononcer.

« Tu as une maîtr... » Je n'ai pas réussi à finir ma phrase à cause d'un hoquet inattendu. Et je me suis mise à pleurer encore plus fort.

Je n'avais pas la force de le regarder. D'habitude son visage passait du gris au rouge quand il était furieux. Maintenant je savais qu'il savait que c'était moi qui appelais. Et qu'il savait que je savais. Parce que maintenant je *savais* que j'avais vu juste. Pour les autres fois je ne sais pas – et j'exagérais peut-être, comme il l'affirmait, parce que pendant des années je n'avais trouvé aucune preuve de rien, et il est vrai que quand il revenait de son travail, il jouait avec les enfants. Avant, nous faisions même l'amour.

« Je n'ai pas l'intention de me justifier pour quelque chose qui n'est pas vrai. Tu recommences à t'imaginer des choses », m'a-t-il dit en tournant plusieurs fois son doigt à côté de sa tempe, une façon de me dire que je suis folle.

Une énorme panique m'a envahie. J'avais le sentiment que je mourrais si je cessais de crier et de pleurer. Je me fichais de tout – qu'il hurle, que les enfants entendent de leur chambre, même qu'il me frappe ou me bouscule.

« E-mi-li-ja, je sanglotais en prononçant avec peine les mots, ta collègue. Je sais. Je sais ! » criais-je. J'ai crié « je sais » de nombreuses fois.

Je ne me souviens pas très bien de ce qui s'est passé – il a cassé une assiette, j'ai nettoyé la cuisine. Il est sorti et je me suis enfermée dans la chambre à coucher, j'ai pris deux diazépam et je me suis endormie. Les enfants étaient dans leur chambre. Ils ne sont plus tout petits. Ils sont capables de se préparer à dîner.

Ensuite, nous sommes restés quelques jours sans nous parler. Il répondait rarement à mes coups de fil et, quand il décrochait, sa voix était tranchante : je travaille, je suis en rendez-vous, j'ai un dîner. Il rentrait à la maison dans la soirée, pour dormir, sur le canapé du salon. Il ne mangeait pas. En arrivant, il sentait le kebab, le raki et un parfum de femme, le parfum de cette pute d'Emilija. Son téléphone portable à elle était coupé. Le fixe aussi.

Sandra a lu pour moi dans le marc de café. Elle a pris la tasse et m'a dit :

« Tu as un gros souci qui exige un plan. Ce plan est comme une grande vague qui bute sur un obstacle. Il faut que tu détruises cet obstacle, comme la vague détruit tout devant elle, pour réaliser ce que tu veux. De l'autre côté de l'obstacle t'attendent la libération et les remords. Quelqu'un va avoir des regrets – je vois une silhouette qui pleure. Tu vois ? » a-t-elle dit en me montrant la tasse. Je n'ai vu qu'un fond noir – un peu plus d'un côté de la tasse que de l'autre – et quelques taches éparses.

« Sandra, il faut que je suive Zoran pour voir où il va, pour voir où vit cette pute qui veut détruire ma vie, je me suis entendue dire. Prenons ta voiture, s'il te plaît. Je me cacherai à l'arrière. Toi, tu conduiras. Est-ce que tu as une perruque ? »

Sandra a accepté et, le lendemain, nous sommes allées nous acheter des perruques. Pour elle une longue et blonde, pour moi une brune et courte, juste sous les oreilles, avec une frange. Nous sommes arrivées sur le parking devant son bureau à cinq heures, à l'heure où il sort du travail. Sa jeep était là. Nous nous sommes garées à proximité. J'étais assise à l'arrière pour pouvoir me cacher quand il apparaîtrait. Nous attendions en fumant et faisant des exercices de respiration. Sandra me disait qu'il était très important d'avoir une énergie équilibrée, et que je sache comment elle y parvenait. Ses exercices de méditation, ses fréquentations, les livres qu'elle lit. Elle m'en a recommandé plusieurs sur l'équilibre de l'énergie et m'a dit qu'elle m'aiderait dans ce « parcours difficile ». J'étais de temps en temps gênée de mêler Sandra à toute cette affaire, mais je chassais rapidement ces pensées de ma tête. J'étais trop triste pour me soucier de Sandra. J'avais en permanence le ventre qui se nouait et gargouillait depuis que j'avais trouvé la facture dans la poche de Zoran. Puis, après deux heures d'attente, Zoran est apparu. Il marchait d'un pas léger, il semblait même souriant. Je me suis dissimulée derrière le siège et je l'ai suivi des yeux. Il est monté dans la jeep. Il a mis le moteur en marche, mais n'a pas bougé. Il attendait. Alors, elle est apparue. Elle est sortie du bâtiment en courant, les yeux rivés au sol. Elle n'était pas comme je l'imaginais. « Elle te ressemble », a dit Sandra. Mais en plus jeune, j'ai pensé. Il se passait quelque chose dans ma gorge et dans ma tête – ma gorge s'était serrée et ma tête s'est mise à tourner, puis c'était comme si tout m'était devenu clair. « Démarre », ai-je dit à Sandra au moment où ils partaient.

Nous les avons suivis jusqu'à Avtokomanda. Ils se sont arrêtés sur un petit parking devant un bâtiment. Avec Sandra, nous nous sommes garées un peu plus loin, pour attendre. Nous avons attendu dix-sept minutes. Nous ne pouvions pas voir ce qui se passait à l'intérieur de la jeep parce que Zoran avait fait poser il y a un an des vitres fumées. Maintenant je sais pourquoi il avait fait cela. J'ai eu envie de m'approcher et de frapper à la fenêtre. J'ai fait part à Sandra de mon intention, mais elle m'a dit qu'il était trop tôt pour franchir un tel pas. Il me semblait qu'elle ne voulait pas trop être mêlée à toute cette histoire – sans elle, je n'aurais pas renoncé, car j'aurais pu les surprendre à l'œuvre. Ensuite, la petite pute est sortie de la jeep et est entrée dans un des bâtiments. Entrée II-a. J'ignorais l'étage et l'appartement, mais ça, je pouvais l'apprendre facilement.

Nous avons continué à le suivre. Nous nous sommes arrêtées à Debar Maalo. Sandra est sortie et est revenue un quart d'heure plus tard. Elle m'a dit qu'il était allé dans un restaurant et avait commandé à manger.

« Je t'ai vu », je lui ai dit dès son arrivée à la maison, une fois qu'il s'était installé devant la télé.

Il m'a regardée, confus et interrogatif. J'ai senti une terrible force en moi, mêlée de panique.

« Je sais ce qui se passe. Je t'ai vu la raccompagner chez elle. À Avtokomanda. »

Cette fois-ci, son visage est devenu livide – il n'était ni gris ni rouge.

« Ça doit cesser. Je ne permettrai pas qu'une vulgaire *pute* détruise ma famille, ai-je dit et je sentais que ma voix se raffermissait.

— Mais qu'est-ce qui t'arrive, à toi ? » Le rouge regagnait son visage. Son double menton tremblait.

« Si tu n'arrêtes pas, je vais contacter le directeur général. Et tous les deux, vous serez virés », je le menaçais, parce que je ne voulais pas lui dire de quitter la maison. Il ne pouvait pas me laisser seule avec les enfants.

« Tu es FOLLE », il s'est mis à crier. Il a tapé du poing sur la table en verre du salon qui s'est brisée. J'ai eu peur et mon audace m'a quittée. « Tu m'as SUIVI ! hurlait-il. Quand je raccompagnais ma collègue *chez elle*. Une chose tout à fait *normale*. C'est ma collègue, on travaille ensemble ! »

Il s'était levé et me criait dessus, penché sur mon visage.

« Tu *vis* grâce à mon travail. Tu pars en *vacances*, tu vas chez la *manucure*, le *pédicure*, l'*esthéticienne* grâce à l'argent que je rapporte à la maison. Tu conduis une voiture de *luxe*. Tu achètes des *vêtements de luxe*. Et maintenant tu te mêles de mes affaires ? Espèce de conne, ordure, va te faire foutre ! » a-t-il hurlé, puis il a pris son manteau, a enfilé rapidement ses chaussures et est sorti.

Comme nous ne nous parlions pas depuis plusieurs jours, et qu'il rentrait tard du travail ou sortait le soir, j'ai mis au point un autre plan. J'ai trouvé à la maison un vieux dictaphone sur lequel ma fille jouait à enregistrer des émissions radio qu'elle inventait. J'ai attendu un jour où il rentrait plus tôt et où je savais qu'il ressortirait ensuite. Je suis descendue au parking et j'ai caché le dictaphone dans la jeep, sous le siège passager. Je l'ai mis en marche. Le lendemain, quand je me suis levée pour lui donner ses vêtements et lui préparer son petit-déjeuner, pendant qu'il était sous la douche, je suis descendue récupérer le dictaphone. Il était toujours là. Une fois Zoran parti, je l'ai allumé pour écouter.

Il y avait d'abord un long silence – puis on entendait quelqu'un monter dans la voiture, qui démarrait. Quelques toussotements, chantonnements, injures adressées aux autres conducteurs, un gros pet. La voiture roule. Réponse au téléphone. « Oui, j'arrive. Je suis chez toi dans dix minutes. Je t'enverrai un SMS. À tout de suite. » Bruits de moteur. Accélérations, freinages. Mise en marche de la radio. Musique. Musique et publicité pendant cinq ou six minutes. Puis le volume est baissé. Ouverture de la porte. « Te voilà, ma beauté. Encore en retard. » Voix féminine haut perchée, la même qui disait « allô » quand je téléphonais chez elle : « Deux minutes, tu exagères, grincheux ! » puis des rires. Ensuite, silence et seulement de la musique. La voiture démarre. La voix féminine : « J'adore cette chanson ! » et le son qui monte. À cet instant, plus de batterie.

En rentrant du bureau, il s'est couché sur le canapé. Je me suis assise dans le fauteuil en face de lui.

« Je veux qu'on parle, je lui ai dit, cachant le dictaphone derrière mon dos.

— Tant que tu n'as pas retrouvé ton état normal, nous n'avons aucune raison de parler. Et je constate que tu n'es pas dans ton état normal.

— Je veux que tu avoues que tu as une maîtresse et que tu arrêtes de la voir.

— Je n'ai pas de maîtresse que je puisse cesser de voir. Moi, je veux que tu reconnaisses que tu es folle et que tu arrêtes avec ces stupidités.

— Tu n'avoues pas ? » je lui ai dit, alors que ce courage étonnant montait de nouveau en moi, trempant de sueur mes mains tremblantes. J'ai failli faire tomber le petit dictaphone, le doigt sur la touche « play ».

« Je n'ai rien à avouer », a-t-il répondu avec un regard méprisant, les yeux injectés de sang.

J'ai sorti le dictaphone. « Te voilà, ma beauté. Encore en retard. » Voix féminine haut perchée : « Deux minutes, tu exagères, grincheux ! » puis des rires. À cet instant, j'ai coupé le dictaphone, comme dans les films.

Zoran s'est levé, il a essayé de me l'arracher. Je le tenais fort. D'une main il m'a serré les deux mains, et, de l'autre, il m'a écrasé les doigts. La douleur m'a fait monter les larmes aux yeux. Je ne l'avais jamais vu dans une telle colère.

« Va chez ta mère. Je ne peux plus te voir. Tu me *dégoûtes*, m'a-t-il dit.

— *Moi*, je te dégoûte ? » j'essayais d'articuler, mais seuls des soupirs sortaient de ma bouche. Je haletais comme un chien sans pouvoir me calmer.

« Les enfants sont à moi, je n'irai nulle part sans eux. C'est toi qui retournes chez ta mère ! » ai-je réussi à dire avant de me précipiter pour vomir.

« Cet appartement est à moi ! Tu entends, va te faire foutre ! Folle furieuse ! » a-t-il hurlé en claquant la porte d'entrée. Il est sorti.

Cet après-midi-là, je suis vraiment allée chez ma mère. Nous nous sommes assises dans la cuisine, à la petite table où elle prenait toujours le café avec ses amies. Et je me suis mise à pleurer.

« Calme-toi », m'a-t-elle dit. J'ai obéi mécaniquement. Son rouge à lèvres avait un peu bavé dans le coin droit de sa bouche. Le mascara avait coulé sous son œil gauche et le crayon avait débordé sur ses paupières ridées. Ses longs doigts osseux tenaient un flacon de vernis. Tandis que je parlais, elle s'en appliquait sur les ongles.

« C'est ton mari. C'est toi qui l'as choisi, c'est toi qui dois le supporter. Pas question de divorcer, a-t-elle dit en soufflant sur le vernis rouge qui séchait sur ses ongles longs et acérés. Tu ne dois pas le chasser de la maison, parce qu'il risque de ne pas revenir, a-t-elle ajouté en me regardant dans les yeux. Écoute-moi, ma fille. Je parle d'expérience. C'est *elle* qui doit disparaître. »

Alors j'ai forgé un dernier plan. J'avais besoin de quelques jours pour le mettre en œuvre. J'ai acheté une petite pelle, une bouteille d'eau, et, quand j'ai su qu'il allait sortir le soir, je me suis habillée comme si je sortais moi aussi, je me suis maquillée, j'ai mis mes chaussures à talons les plus chères, je me suis parfumée, j'ai pris le double des clés de sa voiture et j'ai mis, évidemment, mon portable en mode silencieux. Je suis descendue, j'ai ouvert le coffre de sa jeep et je m'y suis installée. Je me suis enfermée et j'ai attendu. J'entendais des pas, des voix, des rires, des gens qui parlaient au téléphone. Un mince rayon de lumière venant de l'éclairage de la rue se glissait par un interstice dans le coffre. Une heure plus tard, Zoran est monté dans la jeep et, avant de démarrer, il s'est mis à fouiller la voiture. Il farfouillait partout, cherchant sans doute un nouveau dictaphone. Puis il a mis de la musique à fond et a démarré. Une vingtaine de minutes plus tard il s'est arrêté, sûrement à Avtokomanda. Quelqu'un est monté dans la jeep. On entendait une voix de femme. On entendait des rires. Puis une conversation animée, assourdie par la musique pendant que la jeep roulait, roulait. Ensuite, elle a pris des virages, me ballottant de gauche à droite. Il n'y avait plus de lumière dans le coffre. Mes oreilles commençaient à se boucher. J'ai compris, le mont Vodno. La jeep s'est arrêtée, mais pas la musique. Maintenant c'était du jazz, quelque chose de calme mais fort. On n'entendait plus leurs voix. Parfois seulement un mot, un petit rire, de petits cris. Alors j'ai senti la jeep bouger en rythme. Sur le même rythme, je me suis mise à taper contre le capot. D'abord doucement, puis de plus en plus fort. Le mouvement de la jeep a cessé. La musique aussi. *Qu'est-ce qui se passe ? Qu'est-ce qui se passe ?* disaient-ils tous les deux. On entendait le bruissement des vêtements qu'ils enfilaient.

Qu'est-ce que c'est, mon Dieu, répétait mon mari. Et moi, je tapais, je tapais, avec le manche de la pelle. J'ai entendu des pas à l'extérieur de la voiture. La serrure du capot a fait clac. Je les ai vus tous les deux devant moi, ébouriffés. J'ai sauté dehors, brandissant la pelle au-dessus de ma tête.

Les gènes

Chaque fois que Neno faisait une bêtise, Genčo accusait quelqu'un de ma famille, le plus souvent mon grand-père. « Ça, ce sont les gènes, disait-il. On n'échappe pas aux gènes. » Tout cela parce que mon grand-père était un voleur et un parieur qui avait fait de la prison. Quand il en était sorti, ma grand-mère avait réussi tant bien que mal à le chasser de la maison. Une fois, il était revenu ivre chez elle. Ma grand-mère était en train de baigner sa fille de quatre ans, ma mère. Grand-père est entré, a attrapé grand-mère, l'a battue, lui a cassé le nez. Elle l'a gardé comme ça, tordu, toute sa vie. Puis les frères de ma grand-mère lui ont donné une bonne leçon et il n'a plus reparu. Quelques mois plus tard, quelqu'un l'a fait brûler vif dans son appartement, probablement pour une affaire de dettes.

La première fois que Genčo a évoqué mon grand-père, c'est quand Neno a volé une tablette de chocolat dans un magasin. Il avait quatre ans. Nous l'avons surpris à manger le chocolat derrière le rideau de douche. Malgré cette bêtise, malgré son regard fuyant, sa moue effrontée, il était mignon, barbouillé du chocolat qu'il serrait dans sa poche, au milieu de la baignoire, encore en chaussures. « Genčo, Genčo, Genčo ! » j'ai appelé en le voyant. Même si c'était un garçon courageux qui essayait toujours de cacher sa peur et ses sentiments en général, Neno était effrayé. Les yeux écarquillés, il a sursauté lorsque je me suis mise à crier. Genčo est arrivé au moment où Neno tenait dans sa main la moitié de la tablette. « Il l'a volée, je l'ai immédiatement accusé. Tout à l'heure, dans le magasin, il m'a demandé de lui acheter du chocolat, j'ai refusé et lui, il s'est servi. » Genčo, dont le nom est Evgueni, est fier de sa noblesse. Il affirme n'avoir jamais menti ni volé de sa vie, et être compatissant. « Nomen est omen », répète-t-il souvent. Son visage est devenu gris, il a attrapé Neno par son tee-shirt et l'a attiré vers lui. Le morceau de chocolat est tombé dans la baignoire. Genčo tenait l'enfant d'une main et de l'autre le frappait sur les fesses et les jambes. « Mon... fils... ne... sera... pas... un... voleur..., tu comprends ! » Il ponctuait chaque mot par un coup. Neno essayait de se protéger et de se dégager, mais Genčo le tenait fermement. « Si tu refais ça encore une fois ! criait-il, tandis que Neno ouvrait la bouche en forme de "o" et se mettait à pleurer bruyamment. Tu en veux encore ? » Genčo en rajoutait, mais je voyais qu'il était mal à l'aise de l'avoir frappé. « Noooon ! » a rugi Neno. Je l'ai fait sortir de la salle de bains tout en pensant aux voisins qui avaient dû nous entendre. Pourvu qu'ils n'apprennent pas qu'il avait volé, je me disais, car il ne serait plus invité nulle part.

Neno s'est couché sur son petit lit et s'est tourné vers le mur. Il pleurait doucement. Je lui ai expliqué qu'il ne devait pas voler. Je lui ai dit que s'il volait il irait en prison. Et comme il ne réagissait ni à mes paroles ni à mes caresses, je suis sortie de sa chambre et je suis allée au salon où Genčo, assis sur le canapé, fixait le téléviseur éteint.

« Tu n'aurais peut-être pas dû le taper, je lui ai dit, il est complètement bouleversé.

— Et toi, ça ne t'inquiète pas que ton fils soit un voleur ? Tu m'as bien demandé d'intervenir ? Genčo, Genčo », il m'imitait en grimaçant, « et après tu me reproches d'avoir pris des mesures ? Et que fais-tu, toi ? m'a-t-il reproché.

— J'aurais peut-être dû lui acheter une tablette de chocolat, lui ai-je dit.

— C'est interdit de voler, peu importe qu'on lui achète quelque chose ou non. Ça, il doit le comprendre. C'est pourquoi je lui ai donné une leçon. » Genčo a allumé une cigarette, comme il le fait habituellement quand il est nerveux. C'est alors qu'il a mentionné mon grand-père. En fait, il n'a pas prononcé son nom, mais je savais qu'il pensait à lui.

« Nous lui avons toujours inculqué les vraies valeurs. Nous l'élevons avec beaucoup de soin. Pas comme les autres enfants. Mais tu sais, parfois, cela n'a rien à voir avec nous. Rien à voir avec la façon dont il est éduqué. Ce sont des caractéristiques qui se transmettent de génération en génération, des caractéristiques propres à la famille », a-t-il dit en me jetant un regard significatif.

Ce n'était pas la première fois qu'il parlait des gènes. Il croit que chaque peuple possède des caractéristiques génétiques spécifiques qui déterminent son comportement. Il a même des théories sur les femmes, et plus rarement sur les hommes de tel ou tel peuple, selon lesquelles :

les Polonaises sont intéressées, les Américaines fières, les Macédoniennes les meilleures épouses et les Monténégrins, les plus mauvais époux. Ceux qu'il dénigre le plus, ce sont les Grecs et les Albanais, les « Shiptars », comme il les appelle avec mépris. Il déteste les Grecs, mais il n'a rien de concret à dire à leur sujet, à part que les hommes sont petits et bruns, que les femmes ont de grosses fesses et que, globalement, ils sont les « voleurs de l'histoire ». Parfois, quand il avait beaucoup bu avec ses amis, il se mettait à parler de la Macédoine antique en tapant fort du poing sur la table. Ces conversations ne m'intéressaient pas beaucoup, car je n'accorde aucune importance au passé, et j'ai compris que ses amis n'étaient pas non plus intéressés, car ils commençaient à l'éviter. « Pourquoi je connais tant de langues, à ton avis ? leur disait-il. Pourquoi je comprends toutes les langues ? » C'est vrai qu'il avait appris tout seul à se faire comprendre dans de nombreuses langues européennes. « Tu es intelligent, ça va, on le sait », le titillaient ses amis, et il niait de la tête et de l'index, qu'il agitait de gauche à droite. « Parce que la racine de tout, c'est le macédonien », affirmait-il. Néanmoins, ses pires propos étaient réservés aux Albanais. « Ils sont primitifs et sanguinaires, disait-il. Persévérants et obtus. J'ai des amis shiptars, ils ne sont pas tous pareils. Mais même ceux-là. Ils se serrent les coudes et, un jour, ils vont nous bouffer », faisait-il avec conviction.

Neno a continué à voler de petites choses de temps en temps, alors Genčo s'est mis à évoquer ouvertement mon grand-père. Nous trouvions des objets cachés sous son lit ou dans l'armoire, parmi les vêtements : des jouets, des figurines, des crayons, des chocolats, des chewing-gums, des images. Parfois, je n'en disais rien à Genčo. Je laissais les objets volés là où je les avais trouvés en faisant semblant de n'avoir rien vu. Mais un jour, j'ai découvert une petite voiture qui me semblait plus coûteuse et ne m'était pas inconnue. Neno était en train de faire un puzzle quand je lui ai demandé à qui elle était et il m'a répondu qu'elle était à lui. Je lui ai demandé d'où il la tenait, il m'a répondu : « Papa me l'a achetée. » J'ai demandé quand, et il a répondu : « Avant-hier. » Il n'a même pas levé son regard du puzzle. Je trouvais qu'il n'avait pas l'air franc. Genčo était devant la télé dans le salon. Je lui ai montré la petite voiture en lui demandant s'il l'avait offerte à Neno. Le visage de Genčo est devenu gris de colère, comme s'il savait qu'il l'avait volée. Il m'a dit de faire venir Neno « pour une conversation » dans le salon.

« D'où ça vient ? » Genčo agitait la petite voiture devant les yeux de Neno.

Neno se taisait.

« D'où ça vient ? » Genčo haussait la voix en secouant Neno par les épaules.

La bouche de Neno s'est tordue et ses yeux se sont remplis de larmes. Il pleurait en signe de défense. C'est comme ça qu'il nous manipulait. La colère m'a envahie et je lui ai donné une petite tape sur la nuque, en lui disant de répondre quand on lui pose une question. La tape l'a fait avancer d'un pas et il s'est mis à pleurer plus fort.

« Réponds à ma question ! criait Genčo, on aurait dit un général.

— Je l'ai trouvée, sanglotait Neno. Je l'ai trouvée »,

répétait-il malgré notre insistance. Il n'a pas reconnu qu'il l'avait volée à Stevo, son petit camarade qui habitait le même bâtiment. Nous l'avons appris quand sa mère nous a téléphoné pour nous demander si Neno n'avait pas « emprunté » la nouvelle petite voiture de Stevo quand il était venu chez lui.

« Cette voiture n'est pas chez nous, madame, a répondu Genčo. Vous faites erreur. »

Mais la mère insistait et Genčo a fini par l'engueuler. Il lui a dit que dans notre famille il n'y avait pas de voleurs. Que nous avions éduqué notre enfant avec amour et attention et qu'une chose pareille ne pouvait pas arriver. Et il a ajouté que, si elle tenait tant à cette petite voiture, il lui ferait un virement pour qu'elle en achète une autre. « Donnez-moi votre numéro de compte », a-t-il crié furieux, jusqu'à ce que la mère de Stevo raccroche. Ensuite, Genčo a enfermé Neno dans la réserve pendant deux heures. « Tu veux voir ce qu'il arrive aux voleurs ? lui a-t-il dit. Ils vont en prison. Tu veux voir ce que c'est qu'une prison ? » et il l'a poussé dans le cagibi. On a entendu Neno pleurer bruyamment pendant dix minutes puis il s'est calmé.

Assis dans le salon, nous sommes restés attentifs au silence de Neno. Genčo a allumé une cigarette, moi pas, parce que j'étais sur le point d'accoucher. Nous nous sentions convaincus d'avoir bien fait de l'enfermer dans la réserve.

« Nous devons être plus sévères avec lui, je disais pour m'encourager. Ce n'est pas grave, ça lui aura juste fait un peu peur. » J'essayais de me réconforter en espérant que Genčo m'y aiderait.

« Il faut dresser les enfants, comme les chiots. S'il ne comprend pas maintenant, nous pourrons avoir beaucoup de problèmes avec lui plus tard. Il faut agir selon le principe de la carotte et du bâton », m'expliquait Genčo d'un air assuré. Il donnait l'impression d'être déterminé, ce qui m'a effrayée au lieu de me persuader que tout irait bien. J'aurais voulu voir chez lui aussi de la tristesse d'avoir enfermé Neno dans la réserve. Mais Genčo était passé maître dans l'art de cacher ses sentiments. Je lui en voulais, mais j'acquiesçais. On n'entendait rien venant du cagibi. Genčo tournait de temps en temps la tête dans cette direction.

« Il semble que les mauvais gènes de ton grand-père soient très forts, a dit Genčo, et il m'a regardée droit dans les yeux, comme s'il m'accusait. Nous devons lui apprendre comment s'en débarrasser. Si nous n'y arrivons pas, alors... » Genčo a fait un geste de la main comme s'il voulait dire : « Que le diable nous emporte ! »

« Mais qu'est-ce que tu as, à parler de mon grand-père ? j'ai répliqué vexée, prête à me disputer.

— Quel rapport avec ton grand-père ? » Il m'a dévisagée comme si je disais des sottises et a répété ma question. « Quel rapport avec ton grand-père ? Parieur, voleur, cleptomane ? Tu as vu comment il a fini ? Tu crois que ces traits-là ne se transmettent pas ? D'où viendrait alors chez notre enfant cette tendance à voler ?

— Nous avons peut-être fait une erreur, j'ai exprimé là ce que je redoutais le plus.

— Quelle erreur ? Parce qu'il vit avec une mère et un père qui l'aiment, dans un magnifique appartement du centre-ville ? Parce qu'il a une chambre à lui et une tonne de jouets ? Parce qu'il est entouré d'amour et d'attention ?

— Je ne sais pas, ai-je dit. Il demande peut-être une attention différente.

— En voilà une attention différente. Qu'il apprenne ce qu'est une prison. Je lui raconterai aussi l'histoire de ton grand-père, pour qu'il sache ce qui l'attend. »

Et, en effet, quand nous avons fait sortir Neno de la réserve, Genčo l'a fait asseoir dans le salon, comme si c'était un adulte, et lui a raconté l'histoire de mon grand-père.

Neno hoquetait et ses yeux étaient rouges, mais il faisait comme s'il n'avait pas pleuré. Il restait assis sur le canapé, à un mètre de distance de son père, les mains croisées sur ses genoux, fixant ses pieds tournés vers l'intérieur. C'était la seule chose enfantine dans son allure. Tout le reste évoquait un adulte. Malgré ses yeux rouges, il y avait dans son regard une colère sournoise tissée d'un désir de vengeance, que je voyais chez Genčo quand il était en colère. Sa bouche était entrouverte comme s'il doutait de ce que lui disait son père. Parfois son regard errait au plafond, comme pour montrer que tout ce qu'il entendait était ennuyeux et insensé. Voyant que Neno ne réagissait pas, Genčo s'est mis à raconter l'histoire d'une manière très réaliste comme à un adulte. Au moment où mon grand-père était brûlé vif, Neno a hoqueté, tremblé, écarquillant les yeux et fermant la bouche.

« Est-ce que tu comprends maintenant ce qu'il arrive aux voleurs ? a demandé Genčo pour finir.

— Oui, a répondu Neno, d'une voix changée.

— Bien. Viens dans mes bras maintenant, qu'on fasse la paix », a dit Genčo en attirant Neno vers lui.

Mais Neno n'a pas réagi. Il a gardé son regard insolent, et son corps était affaissé comme celui d'une marionnette.

Après son séjour dans la réserve, Neno est devenu encore plus bizarre : plus secret et renfermé. Bébé déjà, il était bizarre – il y avait dans son expression quelque chose d'inquiétant. Parfois, à la place de l'amour, il y avait dans son regard un vide, un peu de méchanceté même. Il arrivait aussi qu'il reste seul devant un jouet sans bouger. Il avait aussi des moments de colère extraordinaire et d'entêtement et refusait de manger pendant des jours. « Là, il ressemble à ma mère, affirmait Genčo. Il résiste, il est têtu, il n'en fait qu'à sa tête », disait-il avec orgueil, essayant de transformer les défauts de notre petit garçon en qualités dont nous aurions dû être fiers. La mère de Genčo était veuve et avait élevé seule ses deux enfants – Genčo et sa sœur, Vaska. La mère et Vaska n'étaient pas vraiment un cadeau. Elles étaient bourrées de défauts, probablement transmis par les gènes. Mais Genčo était très susceptible quand il s'agissait de sa famille, et je gardais ce commentaire, comme un joker, pour une situation appropriée.

Genčo disait aussi que, physiquement, Neno tenait de sa famille. « Il a de grands yeux verts comme mon père », affirmait-il, sachant que Neno lui ressemblait moins qu'à moi. Il essayait en permanence de dire du bien de son père qu'il idéalisait uniquement parce qu'il était mort jeune, dans un accident de train. De toute façon il trouvait toujours un détail insignifiant faisant ressembler Neno à sa famille : son allure, son menton, et il comparait même les fronts. Cependant, à la naissance de notre second fils, il a cessé de vouloir sans arrêt trouver des ressemblances prouvant que Neno tenait « de lui » et a reporté toute son attention sur le bébé, qui était son portrait craché. Nous l'avons appelé Božidar, qui signifie « don du ciel ». J'avais honte et ça me faisait mal au cœur de reconnaître que, parfois, pendant ma grossesse, la nuit, pendant que Genčo et Neno dormaient, je priais pour que mon second enfant ne soit pas comme Neno. Un enfant qui ne mentirait pas ni ne volerait, un enfant que je pourrais comprendre. Un enfant doux, naïf, bon comme le pain, innocent comme un agneau – Božidar. Quand ces pensées me venaient, je me levais et j'embrassais les petits doigts de Neno dans son sommeil. Ses petits doigts de voleur, arrondis et doux comme de petits oignons nouveaux.

Pendant ma grossesse, Neno faisait semblant de ne rien voir. Quand on lui disait qu'il aurait bientôt un petit frère ou une petite sœur, il répondait simplement « bien ». « Qu'est-ce que tu préfères, un frère ou une sœur ? » lui demandions-nous. « Ça m'est égal », répondait-il comme un grand, ce qui nous faisait plus peur que rire. Et quand Božo est né, la merveille que je voulais, l'agneau à sa maman et à son papa, Neno nous a demandé combien de temps le bébé allait vivre avec nous. « Ah ! ah ! ah ! » nous nous sommes tous deux esclaffés, même si sa question n'était pas drôle, car Neno avait son regard sournois, dont nous ne parlions jamais. « C'est ton petit frère, il faut que tu le protèges. Comme moi j'ai une sœur, et ta mère un frère qu'elle aime, toi, tu as Božooo », a dit Genčo et il s'est mis à bêtifier, à appuyer sur le nez et le menton du bébé, petits comme des boutons.

Je me suis alors demandé dans quelle mesure, en réalité, j'aimais mon frère. Quand ma mère est tombée malade, avant même qu'on lui dise que le cancer était en phase terminale, je suis allée à la banque et j'ai retiré tout l'argent de son compte. Quand elle est entrée à l'hôpital, j'ai pris tous les bijoux que j'ai trouvés dans le coffre-fort et je les ai fait fondre. Quand mon frère m'a demandé de lui prêter de l'argent parce que lui et sa femme avaient perdu leur travail, je lui ai dit que je n'en avais pas, même si deux mois plus tard nous avions acheté une nouvelle voiture dont nous n'avions pas besoin. Quand mon frère était bébé, je faisais semblant de l'aimer pour qu'on me laisse seule avec lui. C'est ainsi qu'un jour je l'ai posé sur une plaque encore chaude. Il a crié quand la chaleur lui a brûlé le dos. Pendant toute notre enfance il m'a montré sa cicatrice pour me rappeler à quel point j'étais méchante.

Neno ne faisait pas semblant d'aimer Božo ; il se comportait envers lui comme si c'était un objet, et j'essayais de ne pas les laisser seuls. Je n'en ai jamais parlé à Genčo. Božo était un bébé calme et il ne pleurait pas quand je le laissais dans son berceau, à la différence de Neno. Il arrivait cependant que Božo se mette à crier quand Neno se trouvait dans sa chambre. Une fois, alors que je baignais Božo, j'ai remarqué des bleus sur ses cuisses. Genčo aussi les a vus et m'a demandé ce que cela pouvait être. Je lui ai dit qu'il s'était peut-être cogné contre le berceau. Que peut-être en le soulevant nous avions serré ses jambes trop fort. Mais j'étais certaine que ces bleus étaient provoqués par des pincements et que Neno s'en prenait à Božo chaque fois que je les laissais seuls dans la chambre. Pour en être sûre je devais prendre Neno sur le fait. Un jour, j'ai laissé Božo dans son berceau et je me suis cachée derrière la cloison, près de la porte, attendant de voir ce qui allait arriver. Neno jouait sur son ordinateur. Je suis restée une dizaine de minutes et il ne s'est rien passé. J'ai fait un autre essai. Cette fois-ci j'ai été particulièrement tendre avec Božo en le posant dans le berceau et je n'ai pas embrassé Neno en quittant la chambre. Alors j'ai vu Neno s'approcher du petit lit, passer sa main à travers les barreaux, immédiatement après Božo s'est mis à crier. Neno n'a pas compris qui le frappait quand je lui ai donné un coup en arrivant par-derrière. Il est tombé par terre. La bouche tordue, il s'est mis à crier. Tous les deux hurlaient. Et j'ai moi aussi éclaté en sanglots. J'ai pris Božo dans mes bras, et Neno par la main. Il n'a pas résisté, peut-être parce que c'était la première fois qu'il me voyait pleurer. Nous sommes allés au salon, nous nous sommes serrés dans les bras en pleurant et nous avons fini par nous endormir. Après cet événement, je n'ai plus demandé à Neno pourquoi il n'aimait pas son frère. Chaque fois que je voulais lui parler, je ressentais quelque chose de lourd et de sombre en moi-même, alors j'embrassais Neno sur la nuque, à l'endroit le plus doux et le plus tendre.

Je l'embrassais encore plus souvent quand Genčo se mettait à caresser Božo. Quand Božo s'est mis à gazouiller en entendant de la musique pour enfants, Genčo était ravi. « Le petit musicien à papa ! » s'écriait-il, heureux. « Regarde-le, me disait-il, comblé, comme il a du talent, comme il aime la musique. Moi et ma sœur, on sait chanter. Elle joue du piano mieux que moi, bon, mais quand même, on a le sens de la musique tous les deux. Toi, tu es nulle ! » disait-il en riant, en théorie pour plaisanter, même s'il savait que je complexais de ne pas savoir chanter. « La musicalité nous vient de mon oncle. Tu sais que mon oncle avait étudié le piano en Russie ? Il s'était enfui pendant la révolution, parce qu'il était avec les blancs. Un aristocrate. Bon, il était macédonien, mais il fréquentait les aristocrates. Il était quand même d'une vieille famille de Skopje », et il répétait la vieille histoire de son oncle dont il était si fier. « Il est rentré au pays pianiste talentueux. Sans parler de sa beauté, de son charme, il était grand… comme Franz Liszt ! » soupirait Genčo. Je ne lui ai jamais demandé qui était ce Franz Liszt pour éviter d'autres commentaires sur cet oncle Grigor. « Je tiens de lui ma taille et mon allure, disait-il fièrement, car, tu sais, tout le monde dans ma famille est petit, riait-il. J'ai la chance de lui ressembler. Dommage que je ne l'ai jamais connu ! Je n'ai même pas une photo de lui. Eh, Grigor, Grigor ! répétait-il tristement. Qui sait où nous en serions aujourd'hui si tu n'avais pas eu cette terrible atrophie des muscles. » Et il s'écartait un peu, car cela portait malheur de toucher les enfants en parlant de maladies. « L'autre te ressemble, la musique ne l'intéresse pas », disait-il de Neno en sa présence. Alors je l'embrassais de tristesse, car Neno restait silencieux – il faisait même semblant de ne pas entendre. Moi, je savais qu'il écoutait et qu'il réagissait au mot « l'autre », car c'était un enfant intelligent.

C'est pourquoi j'étais sûre qu'il réussirait à l'école, et

c'est ce qui s'est produit. Il était le meilleur élève de sa classe et, dès les premiers mois, les maîtresses nous ont dit qu'il était curieux et travailleur. Mais pas qu'il était exceptionnel. Quand elles parlaient de lui c'était d'une façon formelle. Elles répétaient les mêmes phrases pour tous les enfants : les résultats sont excellents, il montre de la curiosité, fait ses devoirs régulièrement. La seule chose qui le distinguait des autres c'étaient des « résultats au-dessus de la moyenne ». Mais je n'ai senti aucune affection dans leurs paroles. Je leur ai demandé leur avis sur son caractère. On m'a répondu qu'il restait à l'écart, n'était « pas assez socialisé », mais que c'était normal pour les enfants en cours préparatoire.

Peu après, nous avons été convoqués tous les deux pour un entretien à l'école. C'est Genčo qu'ils ont appelé. Ils ont dit qu'on ne pouvait pas parler du sujet au téléphone et que nous devions passer le lendemain après avoir déposé Neno. Genčo a pâli en m'expliquant la raison. Il a appelé Neno d'une voix forte. « On va lui demander de quoi il s'agit », a-t-il dit. Neno est arrivé en sautillant au salon. Il s'est arrêté devant nous, fixant le sol, mais sa bouche avait un pli sournois.

« Qu'est-ce qui s'est passé aujourd'hui à l'école ? » l'a interrogé Genčo. Il était en colère et ça se voyait. Nous nous étions réparti les rôles, lui le méchant et moi la gentille, afin que notre famille soit bien structurée.

Neno se taisait. Avec son pied, il s'est mis à faire des ronds.

« Réponds quand je te pose une question ! » s'est écrié Genčo.

Neno l'a regardé droit dans les yeux d'un air insolent, déterminé.

« Rien, a-t-il dit.

— Alors pourquoi on me demande de venir demain à l'école, hein ?

— Je sais pas », a répondu Neno, et soudain son regard s'est adouci. Il a levé les sourcils, ses yeux se sont remplis de larmes, il avait l'air naïf et fragile. « Je sais pas, a-t-il répété.

— Tu n'as pas volé de nouveau ? a demandé Genčo d'une voix plus calme.

— Non, je n'ai rien volé », a dit Neno, et une larme a roulé sur sa joue. Il ne pleurait pas. Ses larmes coulaient toutes seules.

« Parce que tu sais bien où vont les voleurs, n'est-ce pas ? » lui a dit Genčo. Il s'est penché, s'est approché de lui et l'a regardé dans les yeux. « En *prison* », a-t-il murmuré.

Alors Neno a éclaté en sanglots. « Je veux pas aller en prison », il s'étouffait dans ses larmes. « Ne me mettez pas en priiiiiison », a-t-il répété pendant une heure avant de se calmer.

« Il s'est remis à voler, m'a dit Genčo plus tard quand nous nous sommes couchés. Sinon, il ne réagirait pas comme ça.

— Peut-être qu'on a eu tort de le punir si sévèrement quand il a volé la petite voiture, j'ai répondu à Genčo.

— Et si on ne l'avait pas fait ? Il aurait continué à voler n'importe quoi. Il fallait faire naître la peur – c'est une impulsion chez lui, une pathologie, c'est génétique », m'a-t-il dit en se tournant de l'autre côté. Je me sentais coupable d'avoir transmis ces gènes à Neno. Moi aussi, comme mon grand-père, j'ai volé. Maintenant c'est mon fils qui vole, j'ai pensé, et mes yeux se sont remplis de larmes, que j'ai retenues car je ne voulais pas pleurer devant Genčo.

Mais ce n'était pas pour vol que l'école nous convoquait. C'était pire. Quand nous sommes arrivés, on nous a dit que, la veille, Neno avait été agressif envers un autre élève. Ce dernier était, d'après la conseillère, un enfant faible et doux, que les autres ignoraient, probablement à cause de son « inadaptation physique », ainsi que de son « appartenance ethnique ».

« De quelle appartenance ethnique parlez-vous ? » a demandé Genčo. Il se donnait un air assuré, bien installé dans le fauteuil. Il avait pris un diazépam en cachette avant de partir, je le savais. Il s'était mis sur son trente et un. Et s'était aspergé de parfum. Son costume gris tranchait avec le délabrement des armoires vitrées en bois remplies de vieilles collections de livres en serbe et en russe jamais ouverts.

« Il s'agit d'un enfant d'origine albanaise, a dit la pédagogue.

— Aha ! a fait Genčo. Je ne savais pas qu'il y avait dans cette résidence des Ship... » Il allait dire « Shiptars », le nom péjoratif pour les Albanais, et je l'ai interrompu.

« Dites-nous précisément ce que Neno a fait, ai-je demandé.

— Il a enfermé Škodran dans le débarras des femmes de ménage, a répondu la conseillère.

— C'est-à-dire un placard, ai-je dit, et la sueur a envahi tout mon corps.

— Škodran, a répété Genčo, levant les yeux au plafond.

— Quelque chose comme ça, a répondu la conseillère sans regarder Genčo. Škodran y est resté plus de deux heures et, comme il est dans un autre bâtiment, personne ne l'a entendu appeler. L'enfant a eu très peur. De plus il a un trouble de la parole, il bégaie. » Genčo a interrompu la conseillère.

« Et où il a trouvé la clé de cette pièce ? » a demandé Genčo sur le même ton formel que celui de la pédagogue. Et où étaient les femmes de ménage pendant ces deux heures ? On voit que certaines choses ici laissent à désirer ! » Genčo haussait le ton, se mettant en colère, à ma grande honte.

« Le fait que les femmes de ménage ne soient pas entrées dans cette pièce n'a rien à voir avec ce qui s'est passé, monsieur, a répondu la conseillère en se levant de son siège. Il s'est débrouillé pour trouver une clé – nous ne savons pas comment mais il l'a probablement soustraite à une des femmes de ménage sans que celle-ci s'en rende compte. Škodran n'a rien pu nous dire. Il bégayait tellement quand nous l'avons sorti de là. Il a du mal à se ressaisir. Il est longtemps resté enfermé dans l'obscurité. »

Nous nous taisions.

« Il faut parler à votre enfant pour savoir ce qui l'a poussé à commettre cet acte, a dit la conseillère.

— Je ne sais pas, vraiment je ne sais pas ce qui a pu se passer », ai-je dit. Une goutte de sueur a glissé de mon aisselle jusqu'à ma taille. « Ce n'est pas un enfant agressif, ai-je menti.

— J'espère sincèrement que cela n'a rien à voir avec les

origines, a dit la pédagogue, comme si elle ne m'avait pas entendue. Nous sommes tous égaux devant Dieu », et son regard s'est tourné vers l'icône de la Vierge Marie posée sur son bureau, juste à côté des crayons et des stylos. « J'espère que nous ne serons pas obligés de considérer l'événement comme une agression à caractère raciste », a-t-elle ajouté en clignant des yeux. Genčo a gardé le silence.

« Non, surtout pas », me suis-je écriée, en pensant que la conseillère parlait comme si elle tenait une conférence de presse. Il n'y avait aucune chaleur dans ses propos. Ni de véritable inquiétude.

« C'est peu probable, bien sûr. L'enfant a sans doute été influencé par d'autres élèves qui ne respectent pas la diversité. Mais il ne faut pas oublier que l'intolérance commence souvent à la maison », a dit la pédagogue en baissant la voix et regardant vers Genčo, qui feignait l'indifférence.

« Souvent ces problèmes, les problèmes de socialisation, je veux dire, a-t-elle continué d'un ton officiel, sont essentiellement liés à la situation familiale. La violence physique, l'éducation physique de l'enfant... » À cet instant Genčo l'a interrompue.

« Vous voulez dire, madame, a-t-il dit la mâchoire crispée, contrôlant à peine le volume de sa voix, que je frappe ma femme ? » La pédagogue a essayé de nier mais Genčo ne le lui a pas permis : « Que je frappe mon enfant ou, comme vous le prétendez avec vos tournures stupides, que je "l'éduque physiquement" ? Nous sommes une famille respectable et équilibrée, nous consacrons beaucoup d'amour et de temps à nos enfants, à la différence de quatre-vingt-dix-neuf pour cent des personnes qui passeront la porte de votre école puante et mal gérée. Nous n'avions *aucun* problème avec notre enfant, a-t-il dit en tapant du poing sur les accoudoirs de son siège, absolument *aucun* problème avant qu'il n'entre ici. Alors, qui est le coupable à votre avis ?

— Monsieur..., la conseillère a encore une fois essayé de le contredire.

— Je ne veux plus entendre un seul mot des *professionnels* comme vous. Je vais parler à mon fils à la maison. Votre travail consiste à vous en occuper lorsqu'il est à *l'école* et à comprendre ce qui a pu pousser mon fils à enfermer Šefket dans la réserve.

— Škodran », l'a corrigé la conseillère. J'ai posé ma main sur le bras de Genčo en voyant que la veine de son front avait terriblement gonflé, comme cela arrive quand sa tension monte.

« Partons », m'a-t-il dit. Il m'a tirée par la main et nous avons quitté le bureau de la conseillère. J'ai eu l'impression qu'il fallait parcourir un kilomètre pour atteindre la sortie. La colère nous a égarés et nous nous sommes heurtés à une porte fermée. Nous avons dû faire demi-tour et repasser devant le bureau de la conseillère qui, heureusement, n'y était plus. Nous n'avons pas prononcé un mot de tout le trajet de retour. Je suis rentrée à la maison pour garder Božo, et Genčo est parti au bureau.

À son retour, au lieu de s'occuper de Neno, il s'est mis à jouer avec le bébé. Neno était tout seul dans sa chambre et ne s'est pas montré une seule fois. En regardant Božo rire et en écoutant sa respiration dans son sommeil, la douleur que je ressentais à cause de Neno se calmait. Cet enfant sera différent, me disais-je, et j'étais triste de penser cela de mon propre fils. Et Genčo susurrait à Božo : « Tu es la petite étoile à papa. Tu es la fierté de papa. Tu es le bébé le plus gentil et le plus doux du monde. » Il n'avait jamais parlé ainsi à Neno.

Je lui ai demandé ce que nous allions faire avec notre aîné. « Je ne peux pas m'occuper de cela en ce moment. J'ai le cerveau en ébullition. Laisse-moi réfléchir », a-t-il répondu en s'allongeant sur le canapé.

À cet instant le téléphone a sonné et tout a basculé. *Tous les malheurs arrivent en même temps*, me disait ma grand-mère, et elle savait de quoi elle parlait. C'était Vaska, la sœur de Genčo, qui lui a annoncé que leur mère était décédée d'un infarctus. Genčo s'est mis à sangloter comme un petit enfant. Ensuite il s'est enfermé dans la chambre à coucher, où il a pleuré pendant une heure. Puis il est sorti et n'est revenu que le lendemain.

Toute la semaine qui a suivi l'enterrement, il n'a fait que parler d'elle. Comment son veuvage avait été un martyre. Comment elle avait élevé ses enfants avec *générosité* et *dignité.* Quelle *professionnelle* elle était, enseignant l'histoire à l'école primaire. Ses *larges connaissances* en histoire et comment elle lui avait appris la vérité sur la Macédoine et sur notre noble origine. Combien c'était une excellente *maîtresse de maison*. Il n'a pas évoqué le jour où sa mère avait dit que nous étions, moi et mon frère, des *bons à rien*. Ni celui, alors que j'étais enceinte de Neno, où elle m'avait dit que je ne serais jamais capable de donner naissance à un fils. Il n'a pas évoqué non plus le fait qu'elle avait décidé de donner sa maison de campagne à Vaska et que nous avions eu en cadeau une machine à laver. Qu'elle ne nous avait jamais invités à déjeuner en famille après mon accouchement, alors que son Genčo dînait seul avec elle tous les samedis. Et qu'une fois, alors qu'elle habitait chez nous car son appartement était en travaux, elle m'avait obligée à lui laver les pieds.

Vaska, sa préférée, lui ressemblait, elle portait ses gènes. Elle était égoïste et insolente, tout tournait, toujours, autour de sa beauté et de ses manières faussement aristocratiques. Mais elle n'était que vide, avec de la méchanceté plein les yeux. Cette méchanceté a été particulièrement visible le jour où elle et Genčo se sont assis autour de la table de la salle à manger pour parler de l'héritage. Je me suis assise avec eux pour soutenir mon mari car je sentais qu'il allait se passer quelque chose de moche. Et j'avais envie aussi d'embêter Vaska. Il n'y avait personne pour la soutenir car elle était divorcée, aucun homme ne pouvait la supporter.

Elle était en face de nous et a sorti une liste rédigée à la main en plusieurs couleurs et visiblement corrigée, qu'elle a posée devant nous. Cette liste n'annonçait rien de bon : sur une ligne verticale figuraient les années et sur une ligne horizontale des objets, des chiffres et des biens. À l'endroit où se croisaient les lignes étaient inscrits leurs prénoms : Vasilija, Evgueni. Le sien était surligné en vert, celui de mon mari en jaune. Le jaune l'emportait très largement sur le vert, et la ligne des objets, chiffres et biens comportait des éléments dont ni Genčo ni moi n'avions jamais entendu parler. La maison de campagne, en revanche, n'y figurait pas. Avoir dressé cette liste était si effroyable que ni Genčo ni moi n'étions en mesure de réagir normalement. Nous refusions ce qui était sous nos yeux. C'était comme faire l'expérience du deuil une seconde fois. J'ai serré le genou de Genčo sous la nappe. J'avais peur de sa réaction. Incapables de nous ressaisir, nous nous taisions tandis que Vaska nous « expliquait » le fonctionnement de la liste.

« Ce n'est peut-être pas tout à fait clair, mais c'est ainsi que les choses se présentent. Cette liste a été préparée par maman – je n'ai fait que la recopier. Elle n'a pas fait de testament, mais elle a laissé cette liste. Je peux vous montrer l'original, bluffait-elle. En tout cas, il en ressort, Genčo, que tu as accumulé pendant des années des biens et autres objets, a-t-elle dit avec arrogance en allumant sa cigarette au bout d'un fume-cigarette, d'une valeur qui représente la moitié de l'appartement que notre mère... », là elle a fait un signe de croix de la main bien qu'elle ne soit pas du tout croyante, « nous a cédé en partage.

— Pardon ? » Entre les sourcils de Genčo est apparue une ride que je ne lui connaissais pas. Les coins de sa bouche se sont affaissés comme s'il allait pleurer.

« Voilà, tout y est noté, je t'en prie », et de l'ongle rouge de son index elle lui a indiqué le coin gauche au bas de la liste où figurait une équation funeste à côté de leurs deux prénoms, le sien étant souligné.

« C'est quoi ces conneries ? Tu es devenue folle ou quoi ? s'est écrié Genčo, arborant toujours sa grosse ride entre les sourcils.

— Ne m'insulte pas.

— *Toi*, ne m'insulte pas !

— Je t'en prie, sois correct. Tu ne te comportes pas correctement », a-t-elle commencé d'une petite voix, et elle s'est faite toute fragile, comme si elle était une victime. J'ai eu envie de prendre le cendrier sur la table et de le lui lancer à la tête. « Tu es quand même mon frère. En un sens, a-t-elle ajouté.

— Comment ça, *en un sens* ? lui a demandé Genčo en essayant de garder son calme.

— Puisque tu insistes, je vais te le dire. Il est temps que tu l'apprennes, a-t-elle soupiré, ce qui a accru notre inquiétude. Je suis venue aussi pour te le dire. Maintenant que maman est morte... il faut que tu saches, car... qui sait. Les gènes sont les gènes. Tu peux avoir une maladie imprévisible, et la génétique se manifeste aussi d'autres façons, a-t-elle fait en lissant sa robe sur ses genoux.

— Mais qu'est-ce que tu racontes ? s'est écrié Genčo.

— Tu vois bien que je suis beaucoup plus jeune que toi. Ce n'est pas un hasard. Maman et papa pensaient ne pas pouvoir avoir d'enfants. Ils ont longtemps essayé, ils consultaient des médecins qui leur affirmaient qu'ils n'auraient pas d'enfants mais que la raison était inconnue. Que tout paraissait normal, mais qu'il y avait quelque chose qui n'allait pas, et ils ne savaient pas quoi. Alors ils ont décidé d'adopter un bébé. C'est ainsi qu'ils t'ont trouvé dans un orphelinat. Tu avais six mois.

— Vaska, je me suis immiscée, je t'en prie, ne dis pas de bêtises.

— Toi, ne te mêle pas de notre conversation, m'a-t-elle interrompue. C'est un sujet très intime. » Genčo s'est pris la tête dans les mains. Son regard était vide. Il regardait sa sœur mais c'était comme s'il ne la voyait pas. « Puis, beaucoup plus tard, a-t-elle poursuivi, ils ont eu de la chance, je suis venue au monde. *Comme un miracle*, disait maman. » Elle a souri d'un air béat et hypocrite et s'est remise à se caresser le genou. Nous nous taisions.

« Tu avais aussi un autre prénom, ils l'ont changé et t'ont donné celui-ci.

— Comment je m'appelais ? » J'ai vu que Genčo la croyait.

« Je ne sais pas. Tu verras ça sur les documents. Ils sont dans le coffre-fort de maman, à la banque. Si tu veux je vais prendre un rendez-vous, nous pourrons y aller cette semaine pour que tu les voies, et que tu sois convaincu – pour que vous soyez convaincus – que tout ce que je vous ai dit ce soir est la pure vérité », a-t-elle conclu, la main sur le cœur, les yeux clos. J'ai senti une vague de haine m'envahir. Genčo se taisait et, soudain, a bizarrement entrelacé ses doigts et a baissé la tête. Elle a touché ses mains jointes comme par compassion, mais sa peau devait être froide et humide comme celle d'un serpent. Je ne voulais pas qu'elle le touche. Car il était pâle et la veine de son front gonflait. D'habitude, quand elle gonflait, il rougissait. Là, c'était différent. J'ai eu peur et lui ai apporté un verre d'eau. Vaska a continué à retourner le couteau dans la plaie. « Je sais que c'est dur pour toi. Parce que tu n'es pas du même sang que nous », a-t-elle dit en regardant sa main couverte de bagues et de bracelets.

Je l'ai chassée sur-le-champ, comme elle le méritait. Sa bouche s'est déformée sous le choc. Elle a dit : « Mon

Dieu, quelle honte » et « Je n'ai jamais été traitée comme ça » et encore « Genčo, sois raisonnable, on a quand même grandi ensemble » et d'autres choses du même genre. J'ai claqué la porte sur elle et je ne regrette rien de ce que je lui ai dit.

Les deux jours qui ont suivi, Genčo semblait aller mal et avait l'air d'être vidé. Il avait les yeux dans le vague, écarquillés, ou s'enfermait dans la salle de bains et s'observait longuement dans la glace. Il a sorti un vieil album photo et a passé des heures à scruter les visages des membres de sa famille. Il touchait ses pommettes, ses sourcils, il tirait sur les lobes d'oreilles quand il se croyait seul. Le troisième jour, ses collègues m'ont appelée pour me dire qu'il avait fait un AVC, qu'il était à l'hôpital, que son état était stable. Quand je suis arrivée, il dormait. Il partageait une chambre avec trois autres hommes immobiles. Des membres de leurs familles étaient assis auprès d'eux et parlaient à voix basse, comme à un enterrement. Ils déplissaient les draps et déposaient de la nourriture et des fleurs sur les tables de chevet. Sur celle de Genčo il n'y avait rien. Je me suis sentie misérable. D'abord parce que j'étais venue seule, puis parce que j'étais venue les mains vides. Genčo s'est alors réveillé. Le côté droit de son visage pendait. Il parlait lentement, comme s'il avait la bouche pleine de pain trempé. Il peinait pour me dire qu'il m'aimait beaucoup et se retenait de pleurer. J'ai pris sa main droite, celle qui était inerte, et je l'ai embrassée longuement. Je l'ai embrassé sur le visage, le cou, sur sa pomme d'Adam que j'aimais tant. Sa barbe me piquait et je me réjouissais de la sentir contre ma peau. Et je lui disais combien je l'aimais et qu'il allait revenir à la maison et que tout irait bien. « Viens avec Neno, m'a-t-il dit avant que je parte. J'ai très envie de le voir. Et apporte-moi une de ces barres de chocolat aux amandes. » C'était sa préférée. Neno n'aimait pas les amandes et détestait ce chocolat. Quand il était plus petit, il pleurait s'il ne restait que celui-là dans le placard.

Je suis revenue le lendemain avec Neno, bien que redoutant de l'exposer à l'odeur de la mort et à l'air vicié de l'hôpital. Je ne voulais pas non plus qu'il voie les autres malades à côté de Genčo. Je ne voulais pas qu'il voie les assiettes en plastique dans lesquelles ils mangeaient. Je ne voulais pas qu'il voie les barreaux de fer derrière lesquels ils dormaient et les draps jaunis sur lesquels était couché son père. Mais Neno est fort, il va faire face, je me disais. Et puisque Genčo avait demandé à le voir, c'est que c'était important pour lui. Peut-être que Genčo regretterait enfin de ne pas avoir aimé Neno, je me suis dit, et je m'en suis tout de suite voulue d'avoir eu cette pensée.

Genčo dormait quand nous sommes arrivés. J'ai posé sur sa table de chevet du jus d'orange, des loukoums, du chocolat aux amandes. Je lui ai touché la main, mais il ne se réveillait pas. J'ai serré plus fort, mais il ne se réveillait pas. Il respirait. Je devais absolument le réveiller, sinon Neno penserait qu'il était mort. Je l'ai secoué et Genčo a ouvert les yeux.

« Mon fils ! Comment vas-tu, fiston ? » a-t-il demandé en voyant Neno. Il y avait bien longtemps qu'il ne lui avait pas parlé comme ça. Toute sa tendresse était pour

Božo. Neno le regardait sans aucune expression. Il a haussé les épaules.

« Je vais bien.

— Raconte-moi quelque chose sur l'école, a balbutié Genčo. As-tu eu de bonnes notes ?

— Toutes mes notes sont excellentes », a dit Neno en tirant sur un fil de sa manche. Je lui ai caressé la tête et ébouriffé les cheveux. Nous étions assis sur le côté droit du lit, du côté inerte de Genčo. « Viens de l'autre côté, mon fils. » Neno ne bougeait pas. « Vas-y », je l'ai poussé un peu et il s'est levé en se mettant devant son père comme une statue. « Viens que papa t'embrasse », a-t-il dit, l'attirant vers lui. Le visage de Neno s'est crispé comme s'il sentait une mauvaise odeur. Il est resté ainsi penché vers le cou et la joue de son père, parce que Genčo le retenait de sa main gauche. Il l'a lâché, a pris sa main et lui a dit : « Tu es la fierté de papa, sache-le. » Neno est resté silencieux. Et l'expression de son visage n'a pas changé. Je me suis penchée de l'autre côté pour embrasser Genčo. Son haleine sentait mauvais.

En quittant l'hôpital, je tenais Neno par la main. Les visages des personnes que nous croisions étaient désespérés ou arrogants. Sur les pelouses devant la clinique tournoyaient des pots de yaourt en plastique ou des papiers gras. Ça sentait la maladie et la boulangerie. Après avoir franchi la grille, nous nous sommes retrouvés devant le marchand de *bourek* où il y avait beaucoup de monde, et Neno m'a demandé de lui acheter un petit pain au sésame. Nous nous sommes mis dans la queue, il fallait se bousculer pour avancer. J'ai sorti mon portefeuille et, en cherchant de la monnaie, j'ai fait tomber une pièce de cinq denars. « Veux-tu la ramasser, mon cœur », ai-je demandé à Neno. Il s'est baissé et, à cet instant, le chocolat que j'avais acheté pour Genčo est tombé de sa poche. Neno l'a ramassé, l'a remis dans sa poche, m'a tendu la pièce de cinq denars et m'a jeté un regard qui n'était pas celui d'un enfant : un regard méchant et insolent, semblable à celui de Vaska.

Le nectar

Bien qu'étant gynécologue, mon mari essaie de se faire passer pour un artiste et c'est l'une des choses qui m'énervent chez lui. En fait, je ne me souviens pas exactement quand ses paroles ou ses actes ont commencé à m'énerver, mais je peux affirmer que cette prétention artistique est ce qui m'agace le plus. Par exemple, il dit à nos invités qu'il « s'adonne à l'art », mais qu'il n'est pas « artiste » au sens propre du terme, étalant ainsi sa fausse modestie. Et nous avons souvent des invités. Personnellement, ça me dérange, car ça implique beaucoup de cuisine et de ménage. Mon mari insiste pour que le repas soit copieux, une façon de montrer que notre famille sait recevoir. En général, ces dîners copieux ont lieu dans notre salon, autour de la table basse située entre le canapé à trois places, celui à deux places et le fauteuil, qui peuvent accueillir quatre personnes en plus de nous deux. Je suis souvent coincée dans la cuisine et, quand je viens m'asseoir un peu pour parler avec eux, je suis obligée de me mettre sur un tabouret dont je dis toujours qu'il est très confortable. Entre-temps, mon mari converse avec les invités en leur parlant essentiellement de lui-même. Comme il n'est pas convenable de parler de chattes, la base de tout son savoir, il leur parle de son « art », c'est-à-dire des peintures à l'huile qu'il réalise dans une des chambres, son « atelier », laissant nos deux garçons bagarreurs se partager l'autre. Barbouillés, aux couleurs étouffées, déprimantes, ses tableaux sont d'un très grand amateurisme. Chaque fois qu'il veut corriger un trait, il le recouvre d'une nouvelle couche jusqu'à ce que ses peintures ressemblent à de grandes et épaisses vomissures – on dirait que quelqu'un a régurgité après s'être goinfré. Il estime que ses tableaux sont « abstraits » et qu'ils « témoignent à la fois de l'angoisse et de l'exultation ». En réalité, ils représentent ce qu'il connaît le mieux : des chattes, de l'intérieur et de l'extérieur. Je suppose que cela n'échappe pas non plus aux autres, du moins à ceux qui sont dotés d'intelligence. Je suis sûre qu'ils l'appellent « le gynécologue qui peint des chattes » et en rient dans son dos. Ce qui est amplement mérité et ça ne m'affecte pas – au contraire. Cependant, ils se gardent de le lui dire ouvertement et continuent à le flatter. « Vous êtes un véritable artiste », lui disent-ils en regardant les tableaux comme s'il s'agissait d'un Leonard. C'est alors qu'il sort sa fameuse phrase : « Non, je ne fais que m'adonner à l'art, en ajoutant, toujours avec fausse modestie : Je ne suis qu'un médecin », bien conscient du statut associé à sa profession.

Le deuxième sujet de conversation, ce sont ses patientes et leurs problèmes de santé. Il faut souligner que mon mari n'a plus d'amis en dehors de sa profession. Tous ses amis sont des médecins qu'il a connus à l'université, et leurs femmes sont ses patientes. Ils forment une sorte de « club fraternel ». Une fraternité masculine qui me semble aujourd'hui ridicule. Quand j'étais jeune, quand j'ai connu mon mari, je trouvais cela sympathique, qu'il ait son groupe d'amis fidèles. Mais, à l'époque, j'ignorais de quoi ils parlaient entre eux. Et je n'avais pas d'idée claire de ce qu'ils disaient de nous, les femmes. Je pense que mon mari était le pire, parce qu'il est gynécologue et connaît toute l'intimité de toutes les épouses. Malheureusement, j'ai un soupçon terrible et sordide, que j'ai peur d'énoncer, c'est que ses amis confient leurs femmes à mon mari pour avoir le contrôle sur elles. Si l'un de ses amis attrape une maladie sexuellement transmissible, mon mari peut garder le secret. Mais si les femmes sont « coupables », il peut en informer les maris avant qu'elles ne le fassent elles-mêmes. Ce n'est que ma théorie, parce que cette bande d'amis affirme que leur fraternité est « au-dessus de tout » et qu'ils feraient tout, littéralement, les uns pour les autres. Parfois je me dis qu'ils sont homos. Que si nous n'existions pas, et s'il n'y avait pas de tels interdits sociaux, ils se feraient tous enculer à la queue leu leu. C'est ainsi que je les imagine quand ils m'énervent – collés l'un derrière l'autre comme des sardines, comme les wagons d'une rame, en train de bouger en rythme. Seulement, le premier, frustré, ne peut faire autrement que rester avec son sexe dans la main. Ensuite, ils échangent leurs places, pour qu'aucun membre de la fratrie ne soit lésé. Dans mon fantasme, nous, les femmes, les regardons sur le côté. C'est ce que nous faisons dans la réalité. Ils parlent, nous les regardons ou on se murmure des recettes de cuisine, quand leurs conversations deviennent ennuyeuses. Parfois, les femmes arrivent à échanger en secret quelques mots avec mon mari, dans le couloir, un rab de consultation. « Prends une dose de bétadine », j'entends de loin, ou « c'est peut-être à cause de la nourriture, je ne sais pas à quoi c'est dû ». « Ne fais pas de régime », « mais je mange équilibré. Et je ne fume plus ».

J'ai fait sa connaissance sur la table d'examen gynécologique, lors d'une consultation. Il était exceptionnellement gentil et doux, son approche m'avait éblouie. J'étais jeune, très jeune – il faut prendre cela en compte –, et les autres gynécologues que j'avais connus étaient brutaux, méchants et désagréables. Je n'avais pas de gros problèmes – loin de là. D'abord il m'a reçue dans son bureau en s'employant à me détendre avec une conversation charmante, humaine. En fond, on entendait de la musique classique très agréable, il m'a offert une tasse de thé aux fruits déjà préparée. Une fois que j'ai été détendue, il m'a indiqué l'endroit où je pouvais me déshabiller – une magnifique petite cabine proposant des chaussons doux, un nouveau modèle de portemanteau à plusieurs niveaux et un joli peignoir blanc que je devais enfiler avant de monter sur la table d'examen gynécologique. Et une fois perchée dessus, il me disait : « Un peu plus bas, mon cœur, allez, un peu plus bas », et il me touchait tendrement les cuisses pour me faire descendre. Puis il m'a fait la conversation pendant qu'il installait le spéculum, en me disant que c'était désagréable mais qu'il ferait attention. Il essayait même de le réchauffer pour que ce soit moins désagréable quand il l'enfoncerait. La façon dont il m'a écarté les lèvres avant d'introduire le spéculum a provoqué une douceur en moi. Puis il a regardé à l'intérieur, et moi, son visage. Je l'ai trouvé beau, très beau, extrêmement beau. Ses yeux bleus pénétraient au fond de moi, comme s'il contemplait le coucher du soleil au-dessus d'un lac paisible. Il avait l'air attendri. « Ah, tout est parfait. Vous avez une anatomie superbe », et il l'a répété pendant qu'il vérifiait mes ovaires. « Vous avez un utérus magnifique », a-t-il ajouté plusieurs fois. Mais avant d'en venir à l'échographie, il a fait quelque chose qu'il fait, je le sais maintenant, à toutes les femmes – d'où sans doute sa popularité, en plus des chaussons doux, du beau portemanteau, du thé et du comportement amical. Il a enfoncé ses longs doigts tendres à l'intérieur de moi pour vérifier si cela me faisait mal. Bien entendu, il s'était préalablement excusé d'être obligé de le faire tout en m'expliquant la procédure. Tout en tournant son index à gauche et à droite, avec ses autres doigts il me caressait le clitoris. Ça m'a procuré du plaisir. Je suis revenue six mois plus tard, prétextant des douleurs. « Tout est parfait, parfait. Je n'ai jamais vu une anatomie aussi propre et belle », répétait-il en regardant mon intérieur presque amoureusement. Cela s'est reproduit tous les six mois pendant trois ans jusqu'au jour où nous nous sommes rencontrés dans un café. En état d'ébriété, il m'a dit que j'étais sa plus belle patiente avec la plus belle « comment dire... ça commence par "ch" » qu'il ait vue de sa vie. Puis il m'a dit qu'après sa déclaration je ne pouvais plus être sa patiente mais seulement sa petite amie. Quelques mois plus tard il m'a dit que je pouvais être sa femme, et j'ai accepté. J'avais vingt-deux ans. Lui, trente-huit. Je suis toujours sa patiente.

Nos disputes tournent principalement autour de ses tableaux, mais ce ne sont pas eux qui sont en cause. Les raisons sont variées, par exemple : une fois, nous avons discuté d'art tous les deux. Bien entendu, il se voit comme un Tchekhov, qui était médecin avant de devenir célèbre en tant qu'écrivain. Nous parlions de nos auteurs préférés, des peintres, des musiciens, et moi, j'ai commencé à parler de la poésie de Sylvia Plath. Il a eu soudain comme une révélation.

« As-tu remarqué que tous les grands artistes sont des hommes ? »

Je l'avais remarqué, bien sûr, et c'était pour moi un sujet douloureux. À contrecœur, j'ai confirmé.

« À ton avis, pourquoi en est-il ainsi ? »

Je me suis mise à réfléchir. Je n'arrivais pas à lui rétorquer ce que j'aurais pu lui lancer d'emblée à la figure : que les femmes n'ont jamais eu les conditions nécessaires à la création. Que cela ne leur était pas permis, quand elles passaient leur journée à essuyer la merde des fesses de leurs enfants, comme je le faisais pendant qu'il se promenait d'une conférence à l'autre en Chine, en Afrique, à travers l'Europe, en quête d'inspiration.

« Euh..., j'ai bégayé, à mon grand regret.

— C'est parce que les hommes sont l'esprit, et les femmes le corps. Les hommes sont créatifs, les femmes sont pratiques. Les hommes regardent vers le haut, les femmes vers le bas. Les femmes ne peuvent pas être artistes – ce n'est pas dans leur nature. »

J'étais vexée mais je ne savais pas comment lui répondre. J'avais vingt-trois ou vingt-quatre ans, si tant est que ça puisse aujourd'hui me servir d'excuse.

« Allez, nomme-moi une grande écrivaine. Du niveau d'un Dostoïevski, Tchekhov, Hemingway, par exemple.

— Voilà, Marguerite Yourcenar », ai-je dit, c'est la seule dont je me suis souvenue à cet instant.

« Elle ne compte pas. Elle était lesbienne », m'a-t-il répondu, et il est parti aux toilettes où il est resté une demi-heure pour chier, alors que moi, je devais aller chercher notre fils à la garderie, et nous n'avons jamais poursuivi cette conversation où j'aurais pu lui citer des centaines d'artistes hommes qui étaient gays, comme Tchaïkovski, son compositeur préféré.

Ses idées sur la grandeur de l'artiste et son désir d'en devenir un ne dataient pas d'hier chez lui, mais il a commencé à peindre beaucoup plus tard, après s'être « trouvé », comme il disait. En fait, il a commencé à peindre après la naissance de notre deuxième enfant – il y a donc huit ans. Je m'y étais résignée et j'avais moins peur de lui. Quand il s'est mis à la peinture, habituée à le féliciter, je lui disais que ses toiles étaient très belles et qu'il avait vraiment du talent. Il rougissait de bonheur et, déglutissant comme s'il allait fondre en larmes, regardait son tableau terminé, les yeux humides. « J'ai toujours voulu être peintre ! disait-il. J'hésitais entre la médecine et les beaux-arts. Mais mon père a voulu que je suive ses traces. Et voilà – c'est le destin », répétait-il en extase. J'étais étonnée qu'il me parle ainsi, à moi, sa femme, devant laquelle il n'était pas obligé de faire semblant.

Ensuite, j'ai ignoré ses tableaux et, enfin, il y a quelques années, je lui ai dit que ses peintures ne me plaisaient pas du tout. Lors de notre dernière dispute, dans un moment de colère, je lui ai dit que ses peintures ressemblaient à un barbouillis de vilaines chattes, ou bien à une omelette ou du vomi. Il a été très vexé.

« Moi, au moins, je crée, a-t-il répondu. Et toi, qu'est-ce que tu fais ?

— Tu crées comme un crétin. »

Il était furieux. Son visage est devenu rouge, mais comme il sait se contenir, dix secondes plus tard, il avait retrouvé son air normal.

« Tu as beaucoup d'humour aujourd'hui, a-t-il dit, en manque d'inspiration. Dommage que tu ne sois pas écrivain. » Il sait que j'ai depuis toujours eu envie d'écrire. Il a perçu mon désarroi et a continué à remuer le couteau dans la plaie.

« Oh, j'ai oublié que tu écris de la poésie. Tu devrais me lire un de tes petits poèmes afin que je puisse moi aussi te critiquer », a-t-il ajouté, l'air cynique et le rire triomphant, car il n'avait jamais lu mes poèmes. Je ne lui avais jamais montré, mais je ne voulais plus les lui cacher. Je suis allée dans la chambre à coucher et j'ai pris les poèmes que j'écrivais en cachette pendant qu'il était au travail. Et je lui ai tendu le dernier. Je lui ai demandé de le lire à haute voix.

L'aimée

Il est couché à mes côtés
Et moi je rêve de toi
De ta fleur nocturne
Qui s'ouvre pour moi
Tu gémis comme le vent
Ma rose la plus douce
De ton nectar
J'aimerais m'enivrer ce soir

Une fois la lecture terminée, j'ai vu la mâchoire de mon mari se contracter, avec un léger mouvement latéral. Les yeux écarquillés, le visage pâle, il m'a fixée.

« La rime n'est pas tout à fait juste, lui ai-je dit avec cynisme. Pardon de t'avoir déçu.

— Non. Je ne suis pas déçu. Je m'attendais à des vers à chier. »

Un nid vide

J'ai depuis toujours un don pour la peinture. Je suis créative dans d'autres domaines, mais c'est celui de la peinture qui m'attire le plus. Déjà, à l'école primaire, j'étais bonne en dessin et j'ai reçu plusieurs prix. Mais, plus tard, je me suis inscrite en médecine, puis j'ai commencé à travailler, j'ai connu mon mari, j'ai eu des enfants – et je n'avais plus le temps de peindre. Je n'ai donc jamais pu me perfectionner. Mais maintenant que les enfants sont partis, je peux le faire. Je vois que ça marche et que je fais des progrès, que mon niveau, de toute évidence, n'est pas celui d'un amateur.

C'est sans doute parce que je n'ai jamais mis de côté mon talent, même quand toute ma vie tournait autour des enfants. Avant qu'ils n'entrent à l'école, je leur achetais de petits carnets, des crayons de couleur, de la pâte à modeler pour leur transmettre une partie de mon talent. Je ne suis pas très douée pour la sculpture – je l'ai compris avec la pâte à modeler. Quand j'ai fait un petit éléphant à mon fils, par exemple. Et qu'il n'a pas compris que c'était un éléphant – il disait que c'était un petit chien. Cela m'a un peu vexée, même si c'était l'avis d'un enfant. Je lui ai expliqué que ce n'était pas un petit chien, mais un petit éléphant, et je lui ai montré la trompe et les oreilles. Alors il s'est senti bête et s'est mis à pleurer. Auprès de ma fille, non plus, je n'ai pas eu de succès avec la pâte à modeler. Elle avait la mauvaise habitude de mettre en pièces mes petites bêtes et mes petits bonshommes, ce qui me blessait. Et, bien que j'aie tout fait pour stimuler leur créativité avant même qu'ils entrent à l'école, cela n'a malheureusement pas porté ses fruits – ils n'ont pas hérité de mon talent, tout simplement. C'est pourquoi je les aidais quand ils devaient préparer un projet de dessin. Cela me maintenait en forme d'une certaine façon, car c'étaient les seuls moments « libres » que j'avais : je pouvais à la fois faire quelque chose pour eux, ce qui était mon devoir, et me faire plaisir. Parfois, je dois le reconnaître, c'est moi qui dessinais à leur place. Juste au moment où ma fille terminait l'école primaire, tous mes efforts m'ont explosé au visage. Chaque fois que je repense à cet événement, je ressens de la colère et de la honte, et j'ai envie de casser quelque chose, mais je me retiens. Je me demande comment j'ai pu ne pas gifler l'enseignante ou lui tirer sa natte rousse et grasse. En revanche, j'ai balancé le carton à dessin sur le sol vert stratifié, ce qui a fait tellement de bruit que l'enseignante a sursauté, prête à encaisser le coup suivant – j'ai saisi son vilain pot fait main qui contenait des pinceaux et des crayons de couleur et je l'ai jeté de toutes mes forces par terre. Un fragment du pot a volé jusqu'au fond de la classe. Les pinceaux et les crayons de couleur se sont éparpillés, et certains ont fini sous le radiateur, dans la poussière.

« Encore ivre ? » m'a accusée mon époux. Ça lui ressemble bien. Non, je n'étais pas ivre. Si pour une fois il avait été sobre en dehors des heures de bureau, il se serait lui aussi énervé quand l'enseignante a mis un *quatre sur cinq* à notre fille. Et, par-dessus le marché, ma fille me l'a annoncé avec un malin plaisir, alors je me suis rendue à l'école dès le lendemain pour voir l'enseignante pendant la pause-déjeuner.

Ce matin-là, je me suis levée plus tôt pour aller chez le coiffeur. J'ai mis aussi mon nouveau tailleur. Je me suis maquillée avec un fond de teint mat. Avant de sortir, je me suis regardée dans le miroir du couloir, j'avais l'air intelligente, fraîche et craquante. J'étais contente – je voulais avoir l'air puissante, comme je me sens toujours, au fond. En arrivant à l'école, je suis entrée dans la salle des enseignants. Je n'avais pas besoin de demander la prof de dessin : je l'ai tout de suite reconnue. La plus négligée, à l'allure *artiste.* Cheveux longs et sales de couleur orange comme une carrosserie de voiture des années soixante-dix. Maigre comme un clou, bien entendu, aux seins pendants sans soutien-gorge, avec des manches de dentelle. Elle était couverte de vilains bijoux à trois sous achetés au supermarché. Je me suis approchée et lui ai dit que je voulais m'entretenir avec elle au sujet des notes de ma fille et elle m'a conduite dans une classe où il n'y avait personne et où, un peu plus tard, j'ai cassé son affreux pot contenant les crayons de couleur.

Je lui ai demandé pourquoi ma fille n'avait eu que

quatre à son excellent dessin de nature morte. Je lui ai demandé si elle savait quel effort avait fourni ma fille pour faire ce dessin et quel était le prix des matériaux utilisés. Elle hochait la tête et me regardait avec ses yeux jaunes barbouillés d'un crayon bon marché qui s'effritait sous ses cils. Puis elle m'a dit de la façon la plus insolente possible qu'elle estimait le travail de ma fille pendant les cours, mais qu'elle lui avait mis un quatre parce que le dessin n'était pas d'elle.

Là, j'ai commencé à mentir et à dépasser les bornes. Je sais que c'était injustifiable d'un point de vue moral, mais puisque j'étais déjà bien lancée, je ne pouvais pas m'arrêter ni faire machine arrière. J'ai dit que ses accusations étaient *absurdes, stupides* et *extrêmement insolentes.* Oui, ai-je dit, j'ai peut-être participé à la réalisation de la nature morte avec mes *suggestions*, aidant ma fille pour certains traits, car je fais moi-même de la peinture et je connais quelques trucs que les amateurs ignorent peut-être. Cependant, j'ai continué à nier que le dessin n'était pas de ma fille, déclarant que ses accusations étaient sans fondement et qu'elles ne pouvaient pas être prouvées.

« Je peux le prouver, a-t-elle dit sans que bouge un seul muscle de son visage. Je n'ai qu'à lui demander de dessiner une grenade. Et le quatre est la note que mérite la personne qui a fait ce dessin – pas votre fille. »

Je suis devenue furieuse, et je le suis encore quand je pense à son visage osseux tandis qu'elle prononçait ces mots. J'ai envie de l'écraser.

Mon époux, évidemment, m'a accusée de tout compliquer et d'être à l'origine de tous les problèmes de notre mariage et de ceux de nos enfants. Que lui, il travaille dur jour et nuit pour nouer des *relations avec les bonnes personnes* qui vont nous hisser plus haut dans la société, alors que moi, voilà comment je le remercie, avec mes *incidents ivres et indignes*, m'a-t-il dit, ce qui m'a insupportée. Son haleine sentait l'alcool. Ce qui m'a encore plus insupportée, et je le lui ai dit, et ce soir-là nous nous sommes beaucoup disputés, brisant toutes les vitres des fenêtres de la chambre à coucher et de son bureau.

Après cet incident, j'ai cessé de dessiner à la place de mes enfants. De toute façon, ils n'avaient plus de cours de dessin à l'école. Le temps a continué à me peser, m'empêchant de me perfectionner. Mais je n'ai pas perdu ma créativité, que j'ai transposée au jardin. Nous avions pourtant déjà les moyens d'engager un jardinier, mais j'ai décidé de m'en occuper. Cela m'a aussi aidée à garder ma forme physique, car j'avais remarqué que mon corps s'était soudainement affaissé comme un vieil élastique. Je ne me contentais pas d'arranger les fleurs et les plantes, je construisais aussi de remarquables bordures en pierre autour des rosiers et dans tout le jardin. Je me suis bientôt mise à façonner des sculptures et de petites fontaines autour des fleurs. J'aimais beaucoup les exhiber devant nos invités et j'avais plaisir à entendre leurs félicitations. Il s'agissait vraiment d'un jardin unique, particulièrement créatif, fruit de mon imagination fertile et de mon talent. Et je souffrais beaucoup de constater que ma famille, comme d'habitude, ne me soutenait pas et ne reconnaissait pas mon travail. Ma fille se moquait de moi. Elle m'a dit d'entreprendre quelque chose de plus intelligent plutôt que de m'occuper de ce qui pouvait être fait « professionnellement » par un jardinier. Et elle a ajouté que je devrais cesser d'importuner nos invités avec le jardin, parce qu'ils ne voulaient plus entendre parler de mes assommants ruisseaux en pierre. Mon fils était là quand ma fille m'a attaquée brutalement, par jalousie, sûrement, car elle est en compétition avec moi, mais elle n'est pas créative, elle est particulièrement ignorante, étroite d'esprit, et n'est pas aussi belle que moi. Mon fils lui a dit de ne pas *dire de bêtises*, mais même en parlant ainsi il était lâche, comme toujours, car il n'a pas exprimé ce qu'il pensait vraiment, il voulait seulement avoir l'air gentil en public, comme d'habitude. Alors que mon époux me répétait *Profites-en, c'est bien, si ça te fait du bien*. C'était encore pire. Comme s'il s'agissait pour moi d'un hobby sans importance. En revanche son hobby à lui, jouer au squash, a de l'importance, car c'est l'occasion de se « faire son réseau » auprès de petits directeurs avec lesquels il va ensuite manger et boire, pour rentrer à la maison en sueur, l'haleine puant l'oignon et l'alcool.

Mais tout cela ne m'a pas découragée. Les enfants partis, je disposais d'assez de temps pour entretenir une centaine de jardins. Et ce temps passé à regarder les fleurs m'a inspirée. Comme le célèbre Manet, j'ai découvert que peindre en extérieur, dans la lumière naturelle, la nature qui change à chaque instant, était la véritable façon de peindre. Ceux qui ne connaissent pas la peinture ne peuvent pas comprendre à quel point peindre en extérieur est plus difficile que peindre dans un atelier. J'ai un atelier à la maison, évidemment – l'ancienne chambre de ma fille –, mais en extérieur le défi est plus grand. Les ombres changent sans arrêt à cause du mouvement du soleil et des nuages, de sorte que l'idée de la peinture n'est jamais la même. Le réalisme n'est pas l'essentiel pour moi. Je veux qu'on reconnaisse qu'il s'agit de pétunia, gardénia, chrysanthème ou de gerbera, bien sûr, mais le réalisme, comme je vous l'ai dit, n'est pas un but en soi pour moi. Parfois, j'arrange ces fleurs, comme un bouquet, même si elles ne poussent pas ainsi dans le jardin. Je me donne une grande liberté artistique, ce qui me comble.

D'une certaine façon, c'était une des raisons qui m'ont poussée à inviter ma nièce à s'installer chez nous pendant ses études, ce qui lui évite de payer un loyer. Je me sentais aussi redevable envers elle et sa famille, car son grand-père m'avait beaucoup aidée quand j'étais jeune. Je voulais régler ma dette, et c'est ainsi que j'ai ouvert ma maison à ma nièce pour sa dernière année d'études. Quand elle venait chez nous, je la trouvais fatiguée et négligée. Sa famille ne roulait pas sur l'or. Elle étudiait la peinture et parfois faisait de petits boulots de design pour gagner un peu d'argent. Je dois reconnaître que le fait qu'elle étudiait la peinture a pesé sur ma décision de l'inviter à vivre chez nous après le départ des enfants. Je me suis dit : « Je vais peut-être trouver en elle une âme sœur et j'aurais, enfin, l'occasion de parler avec quelqu'un de mes tableaux. » Mais je me suis bien trompée.

J'ai d'abord pensé qu'elle prêterait davantage attention à mes peintures et voudrait en parler un peu avec moi. Mais c'est comme si elle refusait de quitter sa chambre quand je peignais dans le jardin. Elle restait enfermée pendant des heures à « travailler » devant son ordinateur. Elle peignait exclusivement à l'atelier de la fac, bien que je lui aie proposé de partager le mien ou de travailler à la maison. Si elle était amenée à passer près de moi dans le jardin, alors que je peignais, elle ne s'arrêtait jamais, se contentant de hocher la tête et de me sourire. C'était pour moi le signe que ça ne marcherait pas entre nous.

Le deuxième signe que nous ne pourrions pas nous entendre et que j'avais fait une erreur en l'invitant chez nous a été sa réaction condescendante devant ma peinture. Elle s'est d'abord écriée : « Bravo, excellent, c'est formidable que tu peignes ! », comme si j'étais un petit enfant. Ses paroles et son ton m'ont tout de suite piquée au vif. Puis je l'ai fait venir dans mon atelier pour lui présenter mon projet d'exposition. Elle s'intitulera *Le Quattro Stagioni*, comme l'œuvre connue de Vivaldi. J'ai peint la végétation du jardin à chaque saison de l'année. Comme en hiver il y a peu de fleurs, je les ai remplacées par de petites branches sèches ou des buissons à feuilles persistantes recouverts de neige. Alors que les cycles « Printemps » et « Été » étaient bien plus riches dans leur représentation.

Nous nous sommes arrêtées devant les peintures et j'ai expliqué à ma nièce mon processus de création. « Je le trouve très original, n'est-ce pas ? » lui ai-je demandé, tandis qu'elle restait silencieuse, crispée, souriant poliment. « Oui, oui », hochait-elle de la tête. Elle m'a questionnée sur les couleurs à l'huile que j'utilisais, l'endroit où j'achetais mes toiles et d'autres choses techniques sans lien avec les tableaux. Puis elle s'est mise à commenter. « Ici le coloris est trop riche. » Ou : « En effet, une fleur à l'aspect unique. » Ou : « Ce tableau est très expressif. » Mais elle n'a jamais dit qu'elle *aimait* ou que c'était *beau*. La seule chose qu'elle ait trouvée « belle », ce sont les cadres des tableaux. C'est mon mari qui me les avait offerts. Nous les avions choisis ensemble. Il a du goût pour ces choses-là. Il est même doué pour le design d'intérieur – il a équipé et conçu toute la maison. Donc aussi les cadres. « Ils sont pas donnés », ai-je répondu. « Je sais », a-t-elle dit. C'est ainsi que s'est terminée ma petite exposition familiale.

Le temps passait, mais ma colère contre elle ne diminuait pas. Notamment parce qu'elle continuait à ignorer ma création et qu'elle vivait dans la maison d'une autre artiste, plus mûre. Je me suis demandé si elle ne me prenait pas pour une rivale. Elle semblait ne pas vouloir s'ouvrir à mon énergie, sentir la sincérité et la chaleur de mon œuvre afin de percevoir à travers mes tableaux la beauté du monde. Au lieu de cela, elle s'enveloppait des laideurs de son « art ». C'étaient toujours des figures décharnées, des femmes nues épuisées, dans les tons noir-blanc-gris nuancés de rouge. Toutes ces femmes criaient ou pleuraient en se tenant par le cou ou par leurs rares cheveux. Elles ressemblaient à ce tableau de Mantch *Le cri*. On ne pouvait jamais savoir si c'étaient des femmes ou des créatures. Celles qui avaient l'air de femme avaient des seins, mais ils étaient secs et pendants comme sur les photos de vieilles femmes africaines. Certaines avaient un seul sein, d'autres des seins coupés. D'autres avaient des ailes, moches et déchirées. J'avais des frissons quand je regardais ses tableaux. Ils ressemblaient à quelque chose qu'on ne peut voir que dans un cauchemar. « Très intéressant », je lui ai dit, moi aussi très poliment, en souriant tout comme elle l'avait fait en voyant ma future exposition.

J'ai également senti notre rivalité dans son comportement avec mon mari. Quand elle le voyait, elle se mettait à rire de toutes ses dents. Tout son corps se relâchait et elle se tenait comme un garçon. Penchée en avant, elle glissait ses mains dans les poches, et agitait ses coudes à gauche et à droite. J'ai remarqué aussi la réaction de mon mari. Lui aussi riait beaucoup. Ils riaient même tous les deux assez fort. Alors que je travaillais dans le jardin, j'entendais soudain deux énormes rires venant de la maison et je les retrouvais assis devant le plan de travail de la cuisine à boire du vin et se raconter des anecdotes. Dès qu'ils me voyaient, l'amusement cessait. J'essayais de me joindre à eux, ils tentaient de m'inclure, mais ça ne durait pas, chacun partait de son côté. J'ai voulu aussi me joindre à eux quand ils regardaient des dessins animés à la télévision. C'étaient des films d'animation avec quatre enfants qui se frappaient et s'injuriaient tout le temps. Mon époux et ma nièce riaient aux larmes. Je trouvais ces films vulgaires et malsains, et je n'avais aucune envie de perdre mon temps à regarder ces bêtises.

Une nuit, avant de dormir, couchés dans notre lit, mon mari et moi avons parlé un peu plus librement de ma nièce.

« Je suis désolée. Je pense qu'elle ne m'aime pas, je lui ai dit.

— N'importe quoi ! il m'a répondu. Non seulement elle t'aime, mais elle est pleine de gratitude et d'affection.

— Elle ne le montre pas. Elle ne se comporte pas mal

avec moi... mais on voit bien que vous vous amusez plus tous les deux.

— C'est parce que nous avons quelques affinités. Elle aime l'histoire, elle s'intéresse à la politique, aime la satire. Nous avons le même sens de l'humour. »

Je ne savais pas quoi dire après cela. Cela signifiait que lui et moi nous n'avions pas le même sens de l'humour.

« Elle n'aime pas ma peinture.

— Ce n'est pas vrai ! Elle fait toujours des compliments sur ton travail. Elle pense que tu devrais exposer dès que possible. »

J'ai poussé un cri marquant mon mécontentement et mon désaccord, même si j'avais envie de m'apitoyer sur moi-même.

« Vous avez des sensibilités différentes, c'est vrai », a-t-il continué.

Je me taisais.

« *Toi*, tu n'aimes pas sa peinture.

— Je suis deux fois plus âgée qu'elle et j'ai plus d'expérience », ai-je répondu, vexée. Mon époux l'a remarqué et a essayé de me calmer.

« Il ne faut pas la sous-estimer. C'est une adulte. Vous avez seulement des sensibilités différentes. C'est tout. »

Il m'a pris la main et s'est endormi. Quand sa respiration est devenue régulière, je me suis endormie aussi.

Ma colère est retombée et je me suis sentie un peu mieux, jusqu'à ce que nous organisions une fête à l'occasion de notre trentième anniversaire de mariage. Comme nous étions au mois de mai et qu'il faisait beau, nous avons organisé une grande réception dans le jardin. Je voulais que tout soit impeccable. J'ai fait une injection de botox sur le front, j'ai fait du sport et me suis fait masser pendant un mois, je buvais des tisanes pour me purifier. J'ai acheté une robe de soie brute bleue qui m'allait parfaitement. Et pour mon mari, une veste bleue également ainsi qu'une cravate assortie. Mon époux, je dois reconnaître, a l'air bien plus âgé que moi, malgré une différence entre nous de trois ans seulement. Cela est dû surtout à sa calvitie, sa bedaine et son cou qui pendouille comme celui d'un dindon – il avait déjà un double menton dans sa jeunesse, mais maintenant c'est pire. Il se fiche de son apparence et ne fait pas attention à sa santé. Pendant la réception, tout le monde lui disait que, de nous deux, j'étais la seule à ne pas vieillir. Ça ne lui plaisait pas, je le sentais, mais je savais aussi qu'il était fier de sa femme encore belle et fraîche. Il me tenait par la taille et me poussait tendrement d'une table à l'autre, où nous parlions avec différents groupes d'amis, connaissances et collègues de mon époux. Il levait son verre à chaque table, chaque comptoir, chaque coin du jardin. Dès qu'un serveur passait avec un plateau, il saisissait un autre verre de vodka glacée. Le serveur remarquant que sa vanne s'était ouverte, il s'est mis à repasser plus souvent. Je le pinçais discrètement, en jetant un regard sévère sur son verre.

« Hi, hi, faisait-il, de ce rire nasal qu'il a toujours quand il est ivre, la tête rejetée en arrière. Et toi, tu es sobre, peut-être ? »

C'est alors que les choses se sont gâtées. Comme par défi, il continuait de boire. Il s'est mis à balbutier et, au lieu de me pousser doucement en me tenant par la taille, il tirait sur ma ceinture. « Contrôle-toi ! » je lui chuchotais, mais il était de plus en plus bruyant et maladroit. À un moment, il m'a laissée toute seule au milieu du jardin et a disparu quelque part. J'ai regardé partout, mais il était introuvable. Je suis rentrée dans la maison, j'ai cherché dans toutes les chambres. Il n'y était pas. J'ai demandé à ma nièce si elle l'avait vu. Elle a poliment souri, comme toujours, me disant qu'elle l'avait vu, cinq minutes plus tôt, quand il était avec moi. Je suis allée au fond du jardin. Je l'ai trouvé le front appuyé contre le tronc du plus gros érable, son pénis dans les mains.

« Je n'arrive pas à pisser », se lamentait-il en se tortillant de gauche à droite, en avant et en arrière.

Je l'ai accompagné aux toilettes, je l'ai fait s'asseoir sur la cuvette et j'ai attendu dehors, de peur qu'il s'écroule et se cogne la tête contre le lavabo ou la baignoire. Quand il a tiré la chasse d'eau, je suis entrée et je l'ai incité à s'asperger le visage d'eau froide. Ça lui a fait du bien, ça l'a rafraîchi et ragaillardi. Nous sommes retournés main dans la main au jardin, où nos invités bavardaient et profitaient de l'atmosphère festive, sans s'être aperçus de rien.

Mais comme s'il voulait continuer à provoquer des catastrophes, mon mari s'est approché d'un groupe d'amis, parmi lesquels Olga et Jan, qui possédaient une galerie.

« Savez-vous que mon épouse », il m'a jeté un regard appuyé, avec un œil mi-clos en interrompant leur conversation, « peint beaucoup ces derniers temps ?

— Oui, oui, nous le savons, ont-ils tous répondu, hochant la tête et riant poliment, comme ma nièce.

— Le moment est venu de faire une exposition ! » s'est

écrié un homme du groupe, que je voyais pour la première fois.

— Levons notre verre à cela ! » s'est exclamé mon époux et les autres l'ont imité. « À l'humanité ! » Les autres se sont regardés interloqués, les verres levés. « À l'exposition humanitaire de ma femme ! » a-t-il crié encore plus fort et on a senti un soulagement tandis que tous trinquaient. Ils se sont mis à me sourire, ce qui m'a beaucoup énervée.

« Quelle exposition ? a demandé ma nièce, surgissant de nulle part et s'approchant de nous.

— On va organiser une exposition humanitaire pour ta tante, a dit Olga en me désignant d'un mouvement de tête.

— C'est une excellente nouvelle, a répondu ma nièce poliment, toujours aussi formelle.

— Voilà d'où proviennent les gènes artistiques de la nièce ! » a crié Jan en regardant dans sa direction. Elle a souri timidement en sirotant sa vodka.

« Excellente, elle est excellente, a ajouté mon époux en hochant la tête, les yeux fermés et la lippe pendante. Un talent exceptionnel. Une grande vision artistique. »

Ma nièce regardait ses chaussures. J'ai remarqué qu'elles étaient abîmées.

« Et pourquoi ne pas organiser une exposition commune ? a proposé Olga avec une lueur stupide dans les yeux.

— Ah, non ! » Mon époux était catégorique. Arrogant, même, ce qu'il ne se permettait pas habituellement en présence de ses collaborateurs. « La jeune est une professionnelle, et la vieille fait ça en simple amatrice. »

Et il a continué.

« L'art de ma femme, si l'on peut parler d'art, ha, ha... » il a souri pour lui-même, « est, comment dire, destiné aux masses populaires. C'est pourquoi ça se prête à des actions humanitaires.

— Est-ce que je t'ai dit à quel point tu es en beauté ce soir ? » m'a dit soudainement Olga.

Les mots ont surgi tout seuls de ma bouche.

« Jamais. Plus *jamais* tu ne parleras comme ça de mon art. C'est compris ? » J'entendais soudain ma voix, haut perchée et tranchante, et remarquais que j'avais profondément enfoncé mon index dans sa poitrine.

« Oui, oui, pardon ! » a-t-il murmuré en balayant l'air de ses bras et reculant, tout en tenant son verre de vodka avec deux doigts. Il a voulu faire encore un pas en arrière, mais il s'est écroulé et est tombé sur le cul. Ensuite, je ne me souviens plus de rien.

Le lendemain était un dimanche et je me suis réveillée tard, avec un mal de tête qui battait dans mes tempes. Tout était calme et sinistre, en dépit du temps ensoleillé. J'ai fermé tous les volets de la chambre car la lumière renforçait ma migraine. Je me suis recouchée et j'ai fermé les yeux. Peu à peu, j'ai pris conscience de tous les bruits : le bourdonnement dans mes oreilles, le froissement des feuilles, les craquements sous le toit de la maison, le vrombissement d'une voiture au loin. Puis deux voix qui conversaient tranquillement.

Je me suis levée et j'ai monté l'escalier sur la pointe des pieds, guidée par le son de la discussion. Plus je m'approchais du bureau de mon mari, plus il s'amplifiait. De derrière la porte filtraient les voix de mon époux et de ma nièce. J'ai collé mon oreille contre le battant.

« Je ne serai pas sincère si je m'excuse.

— Pourtant, tu devrais. Tu n'aurais pas dû dire publiquement ce que tu penses.

— Je ne peux pas ! Elle devrait se rendre compte que ses dessins sont du niveau d'un enfant de primaire. Elle me fait honte devant mes collègues. Hier, j'étais ivre, je lui ai même organisé une exposition. Je vais mourir de honte, si ça se fait. »

Ils se sont tus.

« Tu pourrais peut-être lui donner quelques leçons ? Lui enseigner quelques trucs, a-t-il repris.

— C'est sans espoir. Elle n'a pas de talent. Et, par-dessus le marché, elle est vaniteuse. Une fois, j'ai essayé de lui expliquer quelque chose et je suis incapable de te décrire son regard, la colère dans ses yeux. J'ai même eu peur. Elle sait être agressive.

— Et comment ! Tu l'as vue hier.

— J'ai peur qu'elle me mette dehors.

— Elle ne peut pas te mettre dehors. C'est ma maison.

— La sienne aussi.

— Oui, la sienne aussi. Mais elle t'aime quand même. Moi aussi, je l'aime. Je ne sais pas quoi faire. J'ai essayé de l'envoyer soigner son alcoolisme. Je lui ai même trouvé un excellent psychiatre. La femme d'un collègue. Mais elle m'a accusé de la prendre pour une folle et ça s'est arrêté là. Ensuite, elle m'a dit que c'était moi l'ivrogne et que je projetais mes problèmes sur elle parce que je refusais de reconnaître mon alcoolisme.

— Bon, soyons sincères, vous buvez tous les deux. Moi aussi.

— Oui, mais elle boit pour échapper à sa douleur, et nous par bonheur. Je ne sais pas quoi faire.

— Ça lui passera peut-être. Elle ne sait pas encore comment s'occuper depuis le départ des enfants.

— C'est ça, le syndrome du nid vide.

— Ouais, le syndrome du nid vide. »

Soudain, la douleur dans ma tête s'est déplacée dans la partie supérieure de mon estomac. Chaque respiration me coûtait. J'avais les jambes lourdes et j'ai eu du mal à redescendre l'escalier. Je suis entrée dans l'atelier. Je me suis mise devant le nouveau chevalet. J'ai saisi un pinceau et j'ai voulu dessiner le noir à l'intérieur de moi, le plomb dans mes cuisses et mes genoux. Mais je suis restée là, devant la toile blanche, à ne pas savoir quoi faire.

Un homme d'habitudes

On ne sait pas si mon mari va rester encore longtemps ambassadeur, car, à cause de moi, il risque d'être démis de sa fonction ou obligé de donner sa démission. Bien entendu, nous n'en parlons pas. Quand il revient du bureau, il va au jardin et, assis dans un transat, boit de la vodka et fume le cigare. Mon Manoli aussi boit de la vodka, mais toujours pure, sans glace. Non, je mens. Parfois il y met de la glace, pour se surprendre lui-même. « Il faut varier un peu les plaisirs », dit-il. Ce « varier » correspond tout à fait à sa philosophie de vie. Il aime beaucoup le changement. Ainsi, chez lui, toutes les deux ou trois semaines il déplace les tableaux ou les meubles. Il ne s'agit pas de grosses transformations, comme ma mère qui, tous les deux ans, rénove complètement son appartement, ce qui vient, selon le psychiatre, de son besoin de « se fuir elle-même », de « se retrouver dans un autre environnement ». Chez Manoli, il n'y a pas ce changement total. Chez lui, les changements sont petits et sympathiques, et il garde plus longtemps ses habitudes. Je voudrais bien devenir son habitude, quelque chose qu'il garderait toute sa vie, comme la fille avant moi, cette jeune pute nommée Maja. Je ne sais pas quel âge avait cette petite pute quand elle lui a mis le grappin dessus, mais je n'ai jamais vu une garce aussi tarée – bon débarras, en tout cas. Heureusement qu'elle a trouvé un homme plus riche et plus connu et a lâché mon Manoli. Sinon je ne sais pas ce qu'il aurait fait. Peut-être qu'il serait resté avec elle. Par chance, je suis arrivée. Et je veux devenir une de ses habitudes durables, qu'il me garde à jamais, qu'il me possède toujours, mais je me demande si parfois il ne voudrait pas du changement, comme quand il change la disposition des meubles. Et il se peut que je parte ailleurs avec mon ambassadeur de mari. Alors je vais peut-être en parler avec lui, un de ces jours, pour voir si ce que certains qualifieraient de « scandale » peut s'arranger, parce que je veux vraiment rester ici, où se trouve Manoli, là où je l'ai rencontré. Car, si je pars, Manoli changera sûrement beaucoup de choses. Il est beau et les femmes lui tournent autour. Et il les aime beaucoup, surtout quand il est ivre, et, pour être sincère, il l'est la plupart du temps. Il ne quittait pas ce bar, avant de cesser de le fréquenter grâce à moi. Il va peut-être dans un autre endroit, a décidé d'aller boire ailleurs. Ce qui ne serait jamais arrivé à mon mari. Je sais que c'est paradoxal, le fait que, moi et mon mari, nous voyageons tout le temps à cause de sa fonction, qu'il ne veut pas quitter. Cela veut tout de même dire qu'il change en permanence de résidence principale. Mais, en réalité, il ne veut rien changer. Le voilà, assis dans le jardin chaque jour après son travail, à boire de la vodka dans le même verre, à fumer toujours les mêmes cigares, et à présent le voilà triste parce que son chien est mort. C'était un dogue long et jaune. Je n'aimais pas ce grand chien et sa taille m'indisposait. Lui non plus, il ne m'aimait pas, et comme c'était un dogue, je l'ignorais. Sinon, vous ne pouvez pas vous imaginer les problèmes que posait ce chien quand on devait partir en voyage. Parmi tous les animaux qui existent, mon mari a choisi un dogue – il espérait sans doute que ce chien allait l'obliger à jeter l'ancre, car mon mari aime ne rien changer. Sa profession est bien pratique quand il doit parler en public ou se préparer pour un événement – par exemple, il doit se comporter toujours de la même façon et dit les mêmes choses. En général, ce sont des phrases vides, que personne n'a envie d'écouter, mais tout le monde assiste aux réceptions et autres événements. En revanche, chacune des apparitions de Manoli est différente. J'ai vu une de ses pièces dix-neuf fois. J'ai aussi assisté à celles où il n'avait pas le rôle principal. Au début cela lui plaisait. Puis ça l'a inquiété, au bout de la dixième fois. Je sais que ce n'est pas normal, mais je ne pouvais pas résister. Non seulement je me sentais exaltée quand je le regardais, comme si mon âme s'envolait, et qu'un feu s'allumait en moi chaque fois que je me souvenais de nos ébats amoureux, et même ça se dilatait entre mes cuisses. Je ne lui ai pas dit comme ça. Mais je lui disais souvent qu'il m'excitait, que je devenais toute lustrée, comme un bourgeon de printemps, quand je le voyais ou pensais à lui. Mais je n'osais pas lui confier ce qui m'arrivait pendant la représentation, car je sentais que ça l'aurait encore plus inquiété. Pour le rassurer, je lui ai dit que je l'analysais – que j'analysais comment les acteurs communiaient avec le public, lequel exigeait d'un bon comédien qu'il se renouvelle. Quand je lui ai dit cela, Manoli a ri et m'a demandé si j'étais critique de théâtre. Non, j'ai répondu, et il ne m'a pas demandé quelle était ma profession – il ne m'a jamais posé une telle question. Heureusement, parce que je n'en ai pas, c'est mon mari qui a un métier. Si je réfléchis bien, lui aussi est une sorte d'acteur. Il feint toujours de ne pas détester le pays où nous sommes installés. Comme s'il ne pensait pas que leurs habitants sont des paysans incultes qui se battent et s'entre-tuent pour rien. Quand l'ambassade parraine une organisation, il fait semblant de s'y intéresser, surtout si cela a un lien avec la culture. Il va aux réceptions, promotions et autres événements en tenant les mêmes discours partout, avec le même sourire, un verre de vin blanc levé haut, le pin's orné du drapeau macédonien et du nôtre, amicalement enlacés, sur le revers de sa veste. En ces occasions, je bois habituellement deux whiskies cul sec avant même le début de la réception. Puis je me détends et suis prête à discuter avec les locaux. Je sais qu'ils me trouvent bizarre avec mes joues rouges, Manoli m'a dit que j'ai les yeux qui brillent comme de petits lacs. Tes beaux yeux, répétait-il sans cesse quand nous nous sommes connus. C'est aussi ce que me disait mon mari – qu'il était tombé amoureux de moi à cause de mes yeux. Mais ça fait des années qu'il n'évoque plus mes yeux, ni ne les embrasse. Alors que Manoli les embrasse beaucoup. Manoli les embrassait longuement avant de passer au reste. Tu es si attirante, tu es si bien pour ton âge. Waouh, tu es magnifique. Qu'est-ce qu'elle te va bien, cette veste, qu'est-ce qu'ils te vont bien, ces talons. Parfois, il me demandait de garder le chapeau que j'avais porté à la réception pendant qu'on faisait l'amour, car en tant que célébrité il venait souvent à ces événements. Plusieurs fois je me suis éclipsée juste après pour me rendre chez lui, et il me demandait de me déshabiller entièrement, mais de garder les talons et le chapeau. Alors il me prenait par-derrière. Ce que mon mari ne fait plus du tout. Si nous faisons l'amour, il insiste pour que je sois dessus. Il ne m'excite plus, avec sa tête pointue et dégarnie, ses lèvres minces, sa barbe rousse qu'il laisse pousser pendant le week-end. Ses grains de beauté. Ses bras et ses jambes flasques. Alors c'est moi qui dois lui grimper dessus, le chevaucher, donc faire le boulot. Si j'étais couchée ce serait différent. Avec Manoli, je suis parfois couchée, mais il aime ça surtout par-derrière, sauf quand il est trop ivre – alors c'est moi sur lui. À la différence de Manoli, mon mari ne boit qu'un verre de vodka en rentrant du bureau, en fumant son cigare. Même maintenant, après la mort du chien qu'il aimait tant, avec lequel il jouait après avoir fini son cigare, il ne boit qu'un seul verre de vodka. Je pensais qu'après la mort du chien et son éventuelle démission il boirait davantage ou chercherait à me parler – mais c'est un homme d'habitudes, comme je l'ai dit, un homme qui n'aime pas le changement, un homme qui fait comme si tout était comme avant. Manoli, de son côté, comme je l'ai déjà dit, aime le changement, et c'est ce qui a fait que les choses sont devenues différentes entre nous. D'abord je l'ai vu avec une fille après une de ses représentations, une petite pute menue, comme cette Maja avec laquelle il est resté le plus longtemps. Comme elle le collait, toute visqueuse ! Et lui, grand comme il est, la regardait de haut, comme on regarde un champignon. Je me suis approchée, je l'ai tiré par la main et l'ai entraîné dehors. Et j'ai commencé à venir plus souvent au bar où il va le soir après les représentations, même quand il ne joue pas. Il y a de ces putes d'actrices là-bas, qu'il a dû baiser par le passé, et peut-être encore aujourd'hui, pour varier, car il aime beaucoup varier. Plusieurs fois je me suis assise à leur table, ce qui les oblige à parler anglais car, bien entendu, je ne parle pas macédonien. Je sais bien que cela tue la conversation. Alors l'une après l'autre, elles s'en vont, et lui reste tout à moi. Je faisais souvent ça – j'arrive le soir, je le prends par la main avant qu'il ait trop bu, je le ramène chez lui, nous faisons l'amour avec mes talons, une heure entière s'il le faut. Mais ces petites putes ont commencé à m'énerver sérieusement, surtout les jeunes étudiantes en théâtre. Un soir, je l'ai surpris avec l'une d'elles. Ils étaient assis à une table, il lui mordillait l'oreille, elle riait de façon vulgaire. Je me suis approchée et je lui ai flanqué une gifle. J'ai dit : « On se tire de là tout de suite. » Il s'est levé et a pris la fille dans ses bras. Elle pleurait parce que je lui avais fait mal, ce qui était bien mérité. Il s'est mis à crier : « Tu es folle, laisse-moi tranquille ! », ce genre de choses. Évidemment qu'il ne le pensait pas, il devait faire comme si parce que j'avais giflé la fille – il se devait de la défendre. Aujourd'hui je me rends compte que je suis allée trop loin. Je lui ai dit que je ne partirais pas sans lui. Il m'aboyait dessus. Et je ne sais pas bien ce qui s'est passé, je me suis mise moi aussi à hurler. Il a disparu derrière le bar. J'ai essayé de le suivre, mais le patron s'est interposé. Je pense que j'ai cassé quelques bouteilles qui se trouvaient sur le comptoir, et j'ai visé la fille avec un verre à vin. Le verre a atterri sur une femme qui était assise plus loin avec d'autres personnes. Je le regrette. Deux hommes m'ont saisie et mise dehors tandis que je me débattais. C'est alors qu'une voiture de l'ambassade a surgi, on m'a fourrée dedans et on m'a conduite à la maison où mon mari m'attendait. Il était pâle mais a gardé son sang-froid, il m'a seulement dit d'aller prendre une douche pour me calmer. Il m'a aussi dit que nous ne resterions sûrement pas en Macédoine. Puis il est sorti sur la terrasse et, tenez-vous bien, il a allumé une cigarette, changeant pour une fois ses habitudes. En ce qui me concerne, je suis sûre que Manoli ne veut pas me remplacer. Il veut seulement changer la dynamique de notre relation. Tandis que mon mari – il ne changera rien. Il n'a jamais rallumé de cigarette sur la terrasse. Il est donc tout à fait possible que nous restions en Macédoine.

Père

J'ai mis notre fils au monde en septembre. Il avait dépassé le terme d'une semaine et, au moment de sortir, il s'y refusait. J'ai mis longtemps à retrouver mes esprits après l'accouchement – je ne sais pas combien de temps exactement. La seule chose que je sache c'est que je n'ai rien ressenti quand on me l'a apporté, à part de la fatigue mêlée d'inquiétude, puis d'autres sentiments désagréables. Je me suis dit que cela devait être un signe. Un signe qu'entre nous ce ne serait pas aussi beau que c'est censé l'être entre une mère et un fils.

On me l'a mis dans les bras et je l'ai regardé. Il était tout emmailloté. Son visage était bleuâtre et fripé, comme un vieillard qui s'étouffe, et ses yeux humides et vides, dans le vague. Il n'y avait rien en eux, hormis le liquide qui l'avait nourri pendant neuf mois. Sa bouche bougeait imperceptiblement, sans émettre aucun son à part des bruits de succion. « Mettez-le au sein », m'a dit l'infirmière et je l'ai fait. Pour la première fois, j'ai senti comme il tirait pour téter et, jusqu'au jour où je l'ai sevré, j'ai tout le temps eu l'impression qu'un petit extraterrestre était en train de me traire.

Le soir même, mon mari a organisé une réception à la maison. Il a invité tous nos cousins et amis à manger des beignets, comme c'est la coutume. Au total, ils étaient plus d'une cinquantaine à piétiner notre appartement. Ils ont utilisé mes toilettes, pissé et peut-être chié dans les toilettes. Quelqu'un a sûrement ouvert la petite armoire à glace et fouillé dans mon maquillage et mes parfums, a regardé mes serviettes hygiéniques et mes tampons périmés. Ils ont fait tomber du fromage sur le nouveau tapis. Ils ont marché dessus, enfonçant profondément la graisse dans les fibres. Mon cousin Žarko s'est sûrement tenu dans le couloir, devant la porte des toilettes, à guetter les femmes qui en sortaient pour tenter de les séduire en déversant sur elles de sa voix criarde son humour inepte. Et mon mari a sûrement joué de la guitare en levant son verre entre chaque chanson, servant du raki à gogo. « Le premier et... c'est un garçon ! » ils criaient tous, et aussi « Bravo champion ! ».

Pendant ce temps, j'étais couchée seule, épuisée et déchirée dans mon lit d'hôpital, à essayer de dormir, mais on m'apportait sans cesse le nourrisson qui, depuis son premier jour, pleurait beaucoup et voulait téter. Ses sens les plus développés étaient l'odorat et le goût, et il n'avait qu'un seul instinct : avaler comme un glouton. Il plissait le nez avant que je l'approche de mon sein, puis avançait les lèvres et se mettait à aspirer jusqu'à ce qu'elles soient obturées par mon téton. Il a continué après le retour à la maison. Il se réveillait toutes les heures pour téter. Une fois repu, je le couchais dans son petit lit et le berçais. Quand je cessais, il se mettait à crier. J'ai lu sur les forums pour les mères qu'il existait une méthode d'endormissement, il fallait laisser le bébé crier et pleurer, il comprendrait qu'il n'y avait personne pour le prendre dans les bras et le bercer, et finirait par s'endormir tout seul. Alors je le laissais crier. Je me couchais et je l'entendais hurler dans l'autre chambre. Au début mon mari ne se réveillait pas aux pleurs de notre fils. Mais rapidement il s'est mis, lui aussi, à se réveiller. Il ouvrait un œil en me voyant sortir de la chambre. Puis j'ai cessé de me lever dès que j'entendais les pleurs. C'est lui qui me l'amenait. « Ma chérie, reste couchée, je vais te l'apporter », disait-il et il revenait, ébouriffé et somnolant, avec le bébé dans les bras, et me le posait délicatement sur la poitrine. « Allez, ne pleure plus maintenant », murmurait-il doucement et tendrement, en nous caressant les joues à tous les deux.

À force de laisser le petit crier depuis son lit dans l'autre chambre, mon mari s'est installé près du bébé. La nuit, il me l'amenait pour la tétée, et moi je dormais. Un peu plus tard, j'ai même arrêté de l'entendre crier.

« La maternité est une chose magnifique », me disaient mes amies, les autres mères. « Si j'avais su que c'était comme ça, je serais devenue mère depuis longtemps. Je ne sais pas pourquoi j'ai tant attendu », se racontaient-elles.

« Il n'y a pas de meilleure sensation que quand il tète », disaient-elles en s'adressant mutuellement des regards émerveillés.

« Dès l'instant de sa naissance, tu sens qu'il fait partie de toi-même », soupiraient-elles, alors que, pour ma part, je paniquais de plus en plus.

« J'aimerais en avoir encore un, mais je ne sais pas si

j'aurai le temps. Toi, Ana, pourquoi tu n'en aurais pas un autre tant que ton Luka est encore petit ? Il aurait un petit frère ou une petite sœur avec qui jouer, et tu as un mari formidable. Si tu voyais le mien... il ne bouge pas le petit doigt à la maison. C'est pourquoi un second enfant, c'est hors de question. »

C'est vrai, Luka ne quittait pas les bras de mon mari. Et moi, je restais allongée sur le canapé à regarder des séries télé. Quand Luka a cessé de pleurer la nuit, je me suis mise à dormir beaucoup plus. De temps en temps je devais sortir mon sein pour le nourrir, mais cela n'a pas duré.

« Regarde comme il est mignon », s'extasiait tout le temps mon mari. Il me l'apportait quand j'étais allongée en me disant : « Il est trop mignon. » Luka était un gros bébé, sans doute à cause de mon lait ingurgité en quantité. À force de le porter, mes bras étaient devenus forts et musclés comme ceux d'un culturiste. C'est que son corps était aussi lourd qu'un boulet de canon. Après la tétée, j'essayais de le faire sautiller sur mes genoux, de le faire rire comme mon mari. Luka donnait des coups de pied, agitait les bras, riait même sans que je fasse rien de particulier. « Regarde comme il t'aime », remarquait mon mari chaque fois que Luka jouait sur mes genoux. Mais je savais pourquoi il disait cela, et cela ne me facilitait pas la tâche.

Mon mari s'emporte rarement, il est d'humeur égale : comme diraient mes amies, il « me soutient » et j'ai « beaucoup de chance ». Il a perdu le contrôle une seule fois devant moi. Nous regardions des photos de Luka. Mon mari l'avait photographié dans un petit vêtement qui le serrait tellement que le bouton du bas avait dû rester ouvert. « Regarde, quel petit dodu », a dit mon mari joyeusement. Sur la photo, Luka était grotesque. Sa bouche était grande ouverte, il riait, on voyait ses deux dents de devant de travers et écartées, et sa langue pendante. Il a un gros nez et ses narines ressemblent à de petites grottes. Ses yeux sont mi-clos et il a les sourcils en accent circonflexe comme Joker. Heureux, il bat des mains.

« On dirait un hippopotame », ai-je répondu à mon mari. Il a seulement dégluti et est passé à une autre photo. Sur celle-ci, on me voyait. Je tenais Luka dans mes bras.

« Et toi... on dirait que tu... », la voix de mon mari a tremblé avant de s'éteindre. « Pourquoi tu mets cette distance entre vous, sur chaque photo ? » Il s'est mis à fouiller parmi toutes les photos. J'avais toujours l'air figée, je tenais Luka avec les bras tendus, comme pour le donner à quelqu'un. Et le pauvre Luka souriait.

La situation se complique quand ils se mettent à marcher, ça les autres mères le reconnaissent aussi. J'ai commencé à maigrir et à prendre des somnifères, car l'environnement sonore était devenu insupportable chez nous. Plus Luka maîtrisait la marche, plus mon mari s'agitait. Il s'est mis à taper sur toutes les tables comme un batteur. Il tapait avec ses doigts, des cuillères, des stylos – avec tout ce qui lui tombait sous la main. Et Luka hurlait de joie. Quand il lui donnait à manger, il tapait même avec sa cuillère en plastique. Luka se mettait à beugler. Il ouvrait grand la bouche et mon mari y fourrait une bouchée. Alors ils criaient tous les deux. Mon mari était si exalté par les cris de Luka qu'il s'est mis à taper même en son absence.

Il était assis à son bureau et soudain il se mettait à taper. Je ressentais chacun de ses coups sur ma nuque.

C'est aussi en tapant que mon mari attirait Luka quand il avançait vers lui. Il s'asseyait jambes croisées dans un coin de la chambre. Il prenait un jouet en plastique – un camion par exemple –, saisissait deux feutres et commençait à taper dessus. Luka gazouillait. Il se redressait tant bien que mal sur ses jambes qui étaient si grosses qu'on se demandait s'il allait pouvoir marcher. Et il faisait quelques pas vers mon mari. Plus il s'approchait, plus il criait. Il s'appuyait sur le canapé et la petite table pour s'aider et dès qu'il rencontrait un objet il le saisissait et le jetait au sol. Il détruisait tout devant lui. Il suffisait qu'il se tourne à gauche ou à droite, qu'un objet tombe par terre pour que mon mari pouffe de rire et que Luka crie. Je rangeais quand ils étaient couchés. Chaque fois que je me baissais pour ramasser quelque chose, ma tête me faisait mal.

Mes maux de tête sont bientôt devenus plus fréquents et plus douloureux. Surtout depuis que mon mari avait appris à Luka à courir dans l'appartement. De toute façon, il n'avait pas l'habitude de sortir. Il était asthmatique et il semblait être atteint d'une légère agoraphobie. Quand Luka s'est mis à courir, on était en décembre et il y avait un brouillard épais. Au journal télévisé on avait averti les parents qu'ils ne devaient pas laisser sortir les enfants, ni les asthmatiques. Alors mon mari a définitivement cessé de sortir avec Luka. Luka, comme un chiot, ne pouvait pas se dépenser. Et il courait dans le salon quatre fois par jour : le matin en se levant, vers midi, à six heures du soir et à neuf heures et demie, avant de se coucher. Mon mari trottait derrière lui, Luka criait de joie et courait les jambes raides, se balançant à gauche et à droite comme une aiguille de métronome. Toup-toup, toup-toup, toup-toup – ses pas résonnaient comme des coups de massue dans tout l'appartement et dans ma tête.

Quand mon mari n'était pas à la maison et que j'étais seule avec Luka, il courait en tous sens, tel un singe dans une cage, en poussant les mêmes hurlements qu'avec son père, même si je ne le poursuivais pas : des rugissements gutturaux. Quand nous étions seuls, il glapissait aussi, il criait « u-sii, u-sii », ce devait être un jeu. Tout l'appartement tremblait comme si un petit éléphant y gambadait. Je sentais un véritable séisme dans ma tête. « Il faut qu'il se dépense, disait mon mari comme s'il s'agissait d'un chien. Sinon, il aura du mal à dormir. Regarde-le, il pète de santé et d'énergie ! Un petit hercule ! » s'écriait-il de plus en plus fort, les yeux brillant de joie.

Un soir, alors que mon mari était en voyage, Luka courait avant l'heure du coucher. J'étais assise dans la salle de bains, j'avais laissé le robinet ouvert et la cuvette se remplir, pour ne pas l'entendre. De retour au salon, je l'ai trouvé assis par terre à taper avec un cube en bois sur la tête d'un petit bonhomme en plastique. La sonnette de la porte d'entrée a retenti et Luka m'a regardée. Ses joues étaient rouges, de la morve coulait de son nez.

Une femme portant des lunettes et une explosion de boucles orange sur la tête se tenait devant la porte.

« Bonsoir, je suis votre voisine du dessous, a-t-elle dit sans me donner la possibilité de lui répondre. Vous ne m'avez sans doute pas encore rencontrée, n'est-ce pas ? »

Je hochais la tête. Je pensais que personne n'habitait en dessous de chez nous. On n'entendait jamais rien et je n'avais jamais vu quelqu'un sortir de l'appartement, surtout pas avec cette coiffure.

« Je sors rarement de chez moi. Mais je viens vous voir parce que cela fait quelque temps que je m'efforce d'être compréhensive, comme vous avez un petit enfant. Mais je ne peux plus le supporter. Vous êtes très bruyants et j'apprécierais que vous arrêtiez de courir dans l'appartement. On entend tout chez moi. Même les vases sur mes étagères tremblent. Cela devient vraiment insupportable. Je voudrais vous demander d'être un peu moins bruyants », dit-elle dans un souffle.

Je hochais la tête.

« Excusez-nous, ai-je murmuré. Nous ferons moins de bruit.

— Je vous remercie. Vous comprenez, vous êtes vraiment bruyants, sinon je ne serais pas venue me plaindre. Ça fait un an que ça dure, et je l'ai supporté tout ce temps, a-t-elle continué d'une voix un peu plus tendue.

— Encore une fois, excusez-nous. Vous auriez dû venir plus tôt. Nous ne savions pas qu'il y avait quelqu'un en dessous de chez nous.

— Oui, mais j'ai essayé d'être tolérante, vous comprenez... et j'ai été tolérante ! s'est-elle écriée soudainement.

— Oui, certainement. Excusez-nous », ai-je répété et j'ai reculé.

Mais elle ne bougeait pas. Elle m'a semblé plus grande et j'ai eu l'impression, tout en sachant qu'elle n'avait pas bougé, qu'elle se penchait sur moi. Sa bouche s'est tordue comme si elle allait pleurer.

« Pardonnez-moi, disait-elle d'une voix étouffée, mais je suis universitaire. Je suis presque tout le temps chez moi, parce que je travaille à la maison. J'écris des livres, je suis chercheuse. J'ai besoin de calme et de silence. » Elle a dégluti, puis s'est mise à parler plus fort : « C'est pourquoi je me suis installée ici, dans cette résidence. Mais je n'en peux plus. Vous devez vraiment faire quelque chose. Non seulement vous tapez sur tout ce qui vous tombe sous la main, non seulement on crie en permanence chez vous », elle secouait ses boucles orange à chaque mot, « mais, ces derniers temps, vous vous êtes mis à courir. Voyons, madame, qui fait courir son enfant à l'intérieur comme si c'était un chien ? Vous ne pouvez pas sortir ? Même les chiens, on les sort pour les faire courir ! Vous avez une immense cour à trente mètres d'ici. Vous ne pourriez pas juste le faire courir devant l'immeuble ? Pourquoi rester à la maison ? Vous pensez que votre enfant est heureux ? » La voix devenait de plus en plus criarde, de plus en plus forte, et, à plusieurs reprises, elle m'a postillonné dessus. Le couloir résonnait de ses cris. Je commençais à avoir l'impression d'être coincée dans un coquillage. Ma vue se brouillait, mes oreilles bourdonnaient, ma tête me faisait mal comme si on m'y enfonçait un tournevis.

« On ne fait pas courir un enfant à l'intérieur ! continuait-elle presque en hurlant. Un enfant doit sortir ! Ce que vous faites n'est pas seulement inhumain pour moi et mon travail, mais pour lui aussi ! Quatre fois par jour j'ai un tremblement de terre chez moi, et de petits séismes le reste du temps, sans parler des bruits et des cris. Quatre cavalcades, quatre séismes par jour, madame, je n'en peux plus ! »

À cet instant Luka a couru vers moi. Comme une voiture folle, il s'est cogné contre ma jambe et est resté collé à mon genou. « Ah ? » s'est-il écrié, comme il fait chaque fois qu'il voit une personne inconnue, il a souri et a regardé la voisine. Elle a écarquillé les yeux.

Je l'ai repoussé avec ma jambe. Je lui ai donné une gifle. Puis une deuxième. Et une autre. Luka se taisait et me fixait tandis qu'un filet de sang s'écoulait de sa narine. J'ai regardé la voisine. Son visage s'est allongé et a pâli comme s'il était celui de quelqu'un d'autre. Pendant un instant, il y a eu du silence, et la douleur dans ma tête a disparu.

Samedi, cinq heures de l'après-midi

Mon mari est un vrai gentleman, comme il n'en existe plus. Quand il entre dans un bâtiment, non seulement il tient la porte pour laisser les dames entrer les premières, mais même sa posture en attendant qu'elles passent est aristocratique : la tête légèrement baissée, une expression de respect sur le visage. Il est si attentionné qu'il ne permet à aucune dame d'allumer elle-même sa cigarette. Il ne profère jamais d'injures devant les dames, ne parle pas fort, leur pose des questions adaptées à la conversation – pas trop intimes mais susceptibles de les mettre en valeur. Bien entendu, il les vouvoie toutes.

Son allure aussi est celle d'un gentleman. Il est toujours en costume : veste, pantalon et, en dessous, gilet et chemise. Tout doit être propre et parfaitement repassé – ce dont je suis responsable. Ses ongles sont toujours impeccables, sa moustache peignée et taillée. Son haleine est fraîche grâce aux bonbons mentholés qu'il garde dans une petite boîte métallique. Dans la petite poche de son gilet se trouve la montre de son grand-père qui ne retarde jamais. Et dans la poche de son pantalon il y a toujours un mouchoir en tissu, propre et repassé. Bien entendu, il porte un chapeau et, quand il redoute la pluie, un long parapluie noir avec une poignée en bois.

C'est un homme pour qui la famille compte beaucoup. Quand nos deux enfants étaient petits, il leur faisait la lecture avant de dormir, il les accompagnait à leurs cours de piano et de violon, le week-end il les emmenait au parc, et l'été à la plage. Maintenant ils sont grands, mais chaque mois il leur envoie de l'argent dans une enveloppe. Après chaque repas, il m'embrasse sur la joue et me remercie. Il n'a jamais levé la voix en ma présence. Tous les ans, il m'offre des boucles d'oreilles ornées de perles. Lorsque nous recevons ou que nous sommes invités, il ne m'interrompt jamais quand je parle. Dans la rue nous marchons lentement bras dessus bras dessous. Je sais que tout le monde nous regarde et nous admire.

Avant de dormir il m'embrasse sur la bouche et me dit « bonne nuit » – ce sont toujours ses derniers mots de la journée. Avant, nous faisions l'amour deux fois par semaine. Toujours la nuit, la lumière éteinte. Il ne m'enlevait jamais complètement mon ample chemise de nuit. La durée était toujours la même et ça se déroulait toujours de la même façon.

Il y a deux ans, nous avons cessé de faire l'amour. Nous sommes d'abord passés à une fois par semaine. Puis une fois par mois. Puis plus rien. Mon mari essayait toujours de le faire deux fois par semaine. Il faisait tout comme avant – mais il ne pouvait plus me pénétrer. Alors il reprenait sa place dans le lit, m'embrassait et me disait « bonne nuit ». Comme c'est un gentleman, il ne mentionne pas ce qui va de soi. Et un soir il m'a tout simplement dit : « Velika, ma chérie. J'ai quinze ans de plus que toi. »

Il y a exactement un an, un samedi après-midi, il m'a annoncé que nous allions rendre visite à un de ses amis, mais sans préciser lequel, et je n'ai pas demandé car j'ai bien senti qu'il ne valait mieux pas. Nous sommes partis à pied, en longeant le quai. Les gens nous regardaient et se retournaient sur notre passage. C'est que nous marchons lentement, la tête haute et le sourire aux lèvres. Nous conversons doucement et calmement. Nous sommes arrivés devant la maison de notre ami. « C'est pas la maison de Stojan ? » j'ai demandé. Il a hoché la tête, m'a souri et a sonné.

Je connais Stojan depuis l'enfance. Il voulait être avec moi, mais nous avons décidé, moi et mes parents, que j'épouserais Petar. Par la suite, il m'arrivait de croiser Stojan en ville ou chez des amis communs. Sa femme, Danica, s'était noyée. On racontait des choses horribles sur sa mort, mais je ne crois pas à ces racontars vulgaires sur l'alcool et les femmes. Il était donc veuf. Par bonheur, ou par malheur, ils n'avaient pas eu d'enfants.

Stojan nous a reçus dans sa maison, qui n'a rien à voir avec la nôtre en ce qui concerne la propreté et le goût. Mais je ne peux pas le lui reprocher. Après tout, il est veuf. Pour cette raison, il devait préparer lui-même le café. Je me suis demandé s'il était convenable que je me propose de le faire, et je me suis tournée vers Petar, mais son regard n'indiquait rien, et je suis restée assise, les mains sur les genoux. Stojan a apporté du café, de l'eau et des loukoums, il a sorti sa pipe et s'est mis à fumer. Petar et lui se sont mis à parler de leur travail, des élections locales, de la pollution du lac. Comme il convient, j'ajoutais de temps en temps un commentaire aimable. Après avoir fini son café, Petar s'est levé pour partir et, posant sa main sur mon épaule, il m'a dit de rester. Je l'ai observé, étonnée, mais la fermeté de son regard me disait de ne pas poser de question, que les choses allaient s'éclaircir. Il y a dans ses yeux une détermination à laquelle je me fie toujours, même quand j'ai un mauvais pressentiment. « Je reviens dans une heure », m'a-t-il dit. Il était cinq heures. À six heures précises, il a sonné à la porte, m'a prise par le bras et nous sommes tranquillement rentrés à la maison. Par les beaux après-midi, il y a encore plus de personnes qui courent au bord du lac avec des écouteurs dans les oreilles. Tous nous regardent. Certains nous adressent ouvertement de grands sourires. Je le reconnais, nous devons leur paraître bizarres, mais nous leur sommes sympathiques.

Voici déjà un an que Petar me dépose chaque samedi à cinq heures de l'après-midi chez Stojan, et vient me chercher à six heures. Une fois, j'ai essayé de savoir ce qu'il faisait pendant cette heure-là. « Je lis le journal sur ce banc », m'a-t-il dit en désignant un banc au bord de l'eau. « Quand il pleut, je m'installe à cette terrasse là-bas, je lis le journal et je bois un café », m'a-t-il dit en me montrant l'endroit au bord de l'eau.

Stojan et moi sommes assis au salon et buvons du café, mais à présent c'est moi qui le prépare et le sers sur un plateau avec les loukoums et le verre d'eau. Puis il fume la pipe tandis que je sirote lentement mon café, et nous regardons la télé. Il me demande ce que je veux regarder. Il a le câble, donc beaucoup de choix. Souvent je ne sais pas ce que j'ai envie de regarder, alors c'est lui qui décide, et ça me convient. Petar ne veut pas de téléviseur ni d'ordinateur à la maison. Quand les enfants viennent nous voir après leurs examens, ils ont leurs téléphones, mais Petar leur interdit de les utiliser à la maison. Les enfants viennent plus rarement maintenant car ils se perfectionnent après leurs études universitaires.

À six heures moins dix, je lave les tasses à café et les petites assiettes des loukoums. Stojan reste assis sur le canapé, à fumer sa pipe et regarder la télé sur un de ces nouveaux écrans plats. Quand la sonnette retentit, Stojan se lève et m'accompagne jusqu'à l'entrée. Puis je rentre avec Petar à la maison.

Sur le chemin du retour, nous parlons des élections, du temps qu'il fait, de la pollution du lac, du déjeuner du lendemain. Petar ne me pose aucune question sur mes rendez-vous avec Stojan. Et je sais qu'il ne le fera jamais. Il n'y a pas à dire, c'est un vrai gentleman.

Lilé

Lilé n'était pas jolie. Je l'ai su dès sa naissance. C'était un bébé très poilu, très brun. Elle est née avec une touffe sur la tête, des sourcils un peu rapprochés et qui ne se sont jamais éclaircis. Elle avait de tout petits yeux, mais avec le temps ils se sont mis à briller. Ses doigts et ses orteils étaient longs et fragiles, ses ongles arrondis et jamais tranchants, même quand je venais de les couper. Jovan aurait préféré avoir un fils, quand il a vu Lilé pour la première fois, son visage a perdu son aspect autoritaire, sa rudesse, il s'est arrondi et adouci. Ses yeux s'embuaient chaque fois qu'il la voyait. Il lui prenait les mains et les pieds, les embrassait et se caressait le visage avec. *Liljana, Lilé, Lilénce*, chantonnait-il alors.

Elle devrait s'appeler Petra, comme ma mère, et si nous avions eu un fils il aurait dû porter le nom du père de Jovan, Risto. Mais Jovan, dès qu'il l'a vue, l'a appelée Lilé, du nom de sa mère, du coup nous n'en avons plus jamais discuté. Et Lilé est restée Lilé, comme sa défunte mère.

Jovan n'aimait pas du tout ma mère. Elle lui rappelait la maladie et la pauvreté. Elle vivait seule au village depuis la mort de mon père et elle était pauvre et très malade. Elle ne pouvait pas quitter son lit. Nous envoyions de l'argent à mon frère qui allait la voir avec sa femme et ils s'occupaient d'elle autant que possible. La plupart du temps, elle restait couchée, diffusait une odeur aigre, celle de la mort lente. De temps en temps, un voisin venait lui rendre service. Jovan ne me permettait pas de passer la voir, à la place il envoyait régulièrement de l'argent. Avant la naissance de Lilé, j'attendais que Jovan parte en voyage pour prendre le train et lui rendre visite. Je faisais le ménage et les courses, je lui apportais de la nourriture, je cuisais du pain et préparais à manger, je caressais ses mains osseuses, je posais un baiser sur son front et, le soir, je repartais par le dernier train. Ses voisins me détestaient. Ils me regardaient comme si j'étais une meurtrière. Mon frère aussi avait cessé de m'aimer et sa femme ne voulait plus me voir.

Une fois, quand j'étais enceinte, Jovan m'a surprise rentrant de chez elle. « Tu veux attraper une maladie ? a-t-il crié, même si ma mère n'était pas contagieuse. Tu veux tuer mon enfant ? » hurlait-il le visage tout rouge.

Depuis la naissance de Lilé, je n'ai jamais réussi à l'amener chez ma mère pour la lui présenter. J'attendais qu'elle grandisse un peu pour nous échapper à l'occasion d'un voyage de Jovan. Mais Lilé était très lente. Elle a marché tard. Elle n'était pas comme les autres enfants. Elle était maigrichonne et marchait d'un pas hésitant, apeuré, un peu comme une jeune biche. Cela attristait Jovan, qui la prenait souvent dans ses bras et l'embrassait. Alors elle riait un peu, même si avec Lilé, cela ne durait jamais.

Quand nous la promenions dans sa poussette, les

grands-mères et les autres femmes du voisinage s'arrêtaient pour la regarder, comme elles le faisaient avec les autres enfants. À un an, on ne devinait pas que c'était une fille. Ses cheveux étaient restés courts, avec des boucles noires serrées. Elle ressemblait plutôt à un garçon. « Qu'il soit en bonne santé, votre fiston ! » disaient les femmes du voisinage. Jovan se fâchait : « C'est une fille, elle s'appelle Lilé », les corrigeait-il. « Mettez-lui une petite barrette dans les cheveux, on saura que c'est une fille », répliquaient les grands-mères avec insolence.

À l'âge d'un an et demi, quand son pas est devenu plus assuré, j'ai décidé de lui faire percer les oreilles. J'avais peur d'en parler à Jovan. Mais il a accepté immédiatement car il ne supportait plus qu'on la prenne pour un garçon, déjà qu'on ne disait pas qu'elle était belle. Je l'ai donc emmenée se faire percer les oreilles et nous avons passé la journée à pleurer ensemble. Les lobes de ses oreilles étaient rouges et gonflés. Quand Jovan est rentré à la maison, nous étions épuisées par nos larmes. Lilé hoquetait. J'ai regretté mille fois de lui avoir infligé ça et je craignais aussi la réaction de Jovan. Mais il l'a tout simplement prise dans ses bras, l'a embrassée sur les joues et ses petits doigts, et Lilé s'est calmée.

Un mois plus tard, je lui ai enlevé les boucles d'oreilles provisoires et je lui ai mis celles en or que ma mère m'avait données la dernière fois où j'étais allée la voir, encore enceinte. « Ton ventre, on dirait une balle, ce sera une fille », m'avait-elle dit en me tendant les boucles d'oreilles en or, en forme de fleurs, serties de petites pierres précieuses de couleur rouge. Ma mère les avait portées quand elle était jeune. Je m'en souviens, elles me picotaient quand je l'embrassais dans le cou.

En rentrant à la maison, Jovan a remarqué les boucles d'oreilles de Lilé. Il a ri.

« Elles sont très belles, a-t-il dit. Tu les as achetées ? » Elles étaient démodées. J'aurais été obligée de mentir sur l'endroit où je les avais achetées et je ne m'en serais pas sortie. Car il pouvait vérifier en se rendant dans le magasin et constater qu'on n'y vendait pas ce modèle.

« Elles appartenaient à ma grand-mère, ai-je dit.

— Qui te les a données ? m'a-t-il demandé.

— Ma tante avant de partir en Australie, ai-je menti.

— Elles sont magnifiques », a-t-il répété. Il a touché légèrement les boucles d'oreilles et a embrassé Lilé sur le nez. J'ai attendu avec impatience que Jovan parte en voyage pour emmener Lilé chez ma mère et qu'elle la voie avec ses boucles d'oreilles.

On était en septembre et je préparais de l'*aïvar,* un confit de poivrons, selon la recette de ma mère. L'aïvar de ma belle-sœur n'était jamais aussi bon que le mien, ou celui de ma mère. Je le cuisinais en compagnie de mon amie Kristina, sans que Jovan en connaisse les quantités. Il adorait ça, il disait que c'était le meilleur aïvar qu'il ait jamais goûté, même s'il était fait selon la recette de ma mère. Car je lui avais dit, une fois, que c'était la recette de ma mère, mais il n'avait eu aucune réaction. Et il avait continué d'en manger.

Nous étions assises devant notre immeuble, avec Kristina. Nous épluchions, grillions et mélangions les poivrons tout en bavardant. Lilé jouait avec la fille de Kristina sur la pelouse. La fille de Kristina avait quatre ans et prenait Lilé pour une poupée, car elle était lente et fragile, une poupée sage qui ne pleurait pas. De temps en temps, nous leur permettions d'éplucher un poivron ou de remuer avec la grande cuillère en bois.

Kristina était ma meilleure amie et connaissait la situation entre Jovan et ma mère. Je lui avais dit que je préparerais plus d'aïvar et en porterais au moins six pots à ma mère, sans que Jovan soit au courant. Je lui avais aussi dit que Jovan serait en voyage la semaine suivante et que j'en profiterais pour rendre visite à ma mère dans son village avec Lilé. Ce sera la première fois depuis sa naissance, ai-je confié à Kristina en regardant l'aïvar mijoter doucement, et elle portera ses boucles d'oreilles. Il ne reste plus longtemps à ma mère.

Jovan était au travail pendant que nous remplissions tous les pots d'aïvar, impossible pour lui de savoir combien il y en avait pour nous et combien il en resterait pour ma mère. J'ai mis de côté six bocaux. Je les ai placés dans une boîte et la boîte dans un sac en plastique. Il était très lourd. Je devais aussi porter en plus un sac contenant ses affaires. Je n'ai pas pris la poussette, ç'aurait été trop difficile pour moi. D'un bras, je portais Lilé, appuyée sur ma hanche, et de l'autre, son sac et celui contenant l'aïvar.

Nous étions les dernières à monter dans le train et avons eu du mal à trouver une place. Je n'avais pas où poser mes affaires et un homme m'a aidée à placer le sac de Lilé et celui contenant la boîte dans le filet au-dessus des sièges. J'ai pris Lilé sur mes genoux et le train a démarré. Lilé ne pleurait pas, ne gémissait pas, elle s'occupait avec son jouet préféré – un petit agneau blanc. Quand le compartiment s'est un peu vidé, quelques stations plus loin, je l'ai fait asseoir à côté de moi. Deux vieilles femmes étaient installées en face de nous. « Comme elle est gentille, cette petite fille. Elle est si sage et bien élevée. Pou, pou, pou », faisaient-elles en souriant. Puis elles se sont mises à me poser beaucoup de questions. Où était mon mari, est-ce que je travaillais, où nous vivions, où j'allais comme ça toute seule avec un enfant. Je ne voulais rien leur dire, car j'avais peur qu'elles soient du même village ou du village voisin, et que l'on raconte que j'étais venue avec Lilé, et que Jovan apprenne que nous avions rendu visite à ma mère. Je ne savais pas comment éviter leurs questions et je me taisais, quitte à paraître désagréable. Rapidement, les vieilles femmes ont commencé à me regarder de manière soupçonneuse, les lèvres serrées, en se lançant mutuellement des coups d'œil. Elles sont descendues une station avant la nôtre sans me dire au revoir.

Nous nous sommes retrouvées seules dans le compartiment avec un homme qui avait somnolé pendant tout le voyage et ne m'était pas très sympathique. Il n'était pas rasé, pas lavé, et sentait le saucisson bon marché. Il portait une veste à petits carreaux dont les manches étaient élimées, avec une grosse tache de gras sur son col. Son pull avait plusieurs trous autour de l'encolure et un plus gros sur le ventre. Ses mains étaient rugueuses, ses ongles et les plis de ses doigts ainsi que ses paumes, noircis. À plusieurs reprises, il a ouvert un œil pour nous regarder. À l'arrivée à notre station, il est parti sans proposer de nous aider.

Je me suis levée pour attraper les affaires dans le filet, me hissant sur la pointe des pieds pour soulever le sac en plastique. Au même instant, une secousse du train m'a projetée en arrière. Je me suis retrouvée par terre et j'ai vu le sac avec la boîte d'aïvar tomber sur la tête de Lilé puis glisser au sol. La boîte s'est ouverte et quelque chose de rouge en a coulé. Et Lilé s'est effondrée sur l'accoudoir du siège.

Ses yeux étaient fermés, elle avait perdu connaissance. Je me suis mise à la secouer et à l'appeler par son prénom. J'ai examiné sa tête et constaté qu'elle ne saignait pas. Puis Lilé a progressivement ouvert les yeux. Son regard était vague. L'un de ses petits yeux semblait virer vers le coin extérieur, tandis que l'autre restait fixe. Soudain sa bouche s'est tordue et elle s'est mise à pleurnicher. « Boum, boum », a-t-elle dit en se tenant la tête. Les gens passaient dans le couloir et regardaient à l'intérieur du compartiment, mais sans s'arrêter. J'ai pris Lilé dans les bras, saisi le sac d'aïvar. Il était très lourd et j'ai senti qu'il allait lâcher. Un des pots était cassé et un liquide rouge et gras s'accumulait au fond.

Je suis descendue du train. Lilé pleurnichait. De temps en temps, elle poussait un petit cri mais se calmait rapidement, comme si elle n'avait pas la force de crier. « Boum, boum », répétait-elle, la main posée sur la tête. Le sac pesait de plus en plus et un liquide rouge s'en échappait, laissant une trace grasse derrière moi. J'avais encore un quart d'heure de marche pour arriver chez ma mère. Le sac s'est déchiré. Deux pots d'aïvar étaient cassés. Je les ai laissés au bord de la route, avec la boîte et le sac en plastique. J'ai casé deux pots dans le sac de Lilé et pris les deux restants dans l'autre main. Il s'est mis à pleuvioter et la route s'est couverte d'une espèce de boue liquide. J'avais des fourmillements dans les bras et les jambes, le dos raide, et j'étais couverte de sueur. J'ai croisé quelques personnes que je n'ai pas saluées, car c'était comme si je ne les avais pas vues.

Nous sommes arrivées chez ma mère. Elle dormait devant le téléviseur allumé à plein volume. J'ai baissé le son, car les pleurs de Lilé ont redoublé et j'ai senti moi aussi comme un coup sur la tête. Il faisait sombre à l'intérieur, ça sentait le moisi, ma mère dormait la bouche ouverte en ronflant légèrement.

Je me suis assise à côté d'elle sur le tabouret en bois, Lilé sur mes genoux. J'ai examiné sa tête pour voir s'il y avait une bosse, du sang, une douleur. Mais Lilé ne réagissait pas. Son regard était vide et son petit œil semblait de nouveau virer à droite. Elle pleurnichait puis elle s'arrêtait. Et elle disait « boum, boum » et se taisait. J'ai pensé lui appliquer de la glace sur la tête et la coucher, mais je me suis souvenue que ma mère n'avait pas de congélateur. Et puis, je n'avais pas envie que ma fille dorme dans la maison de ma mère qui sentait la mort. J'avais envie de repartir, de ramener Lilé chez nous. De nous coucher toutes les deux et de nous réveiller le lendemain et de l'embrasser sur le nez, sur sa petite bouche. Je ne mentirai plus jamais à Jovan, me suis-je dit, et je n'irai plus voir ma mère.

J'ai même souhaité que ma mère soit morte afin d'en finir avec tout ça. Je la regardais dormir, elle ronflait régulièrement, la bouche ouverte, d'où sortait une haleine aigre, sale, pourrie. Je l'observais et je la haïssais d'être vivante et de ne pas en finir de mourir, et d'être à l'origine de l'accident de Lilé. C'était sa faute si je l'avais amenée ici, en ce lieu qui pue la mort.

J'ai posé les pots sur la table, calé Lilé sur ma hanche et suis sortie. Je suis arrivée en courant à la gare pour attraper le premier train. Sur les bancs délabrés du quai qui sentait l'urine, j'embrassais Lilé et lui caressais la tête. Elle ne pleurnichait plus, elle était calme et respirait régulièrement. Mais ce n'était pas la même Lilé, je le sentais, même si je ne savais pas l'expliquer.

Au lieu de rentrer directement à la maison, je suis allée chez Kristina. Son mari et ses enfants étaient là. Elle préparait une pita. Elle était couverte de farine jusqu'aux oreilles. Elle a eu peur en me voyant. Je devais avoir une drôle d'allure. Elle m'a conduite avec Lilé dans la cuisine et a fermé la porte.

Je me suis mise à pleurer. Je tenais Lilé dans mes bras, mais elle était toute molle et ne montrait d'intérêt pour rien. Elle avait l'air triste et perdue. Même quand je me suis mise à pleurer, elle n'a manifesté aucune émotion, contrairement aux autres fois où elle m'avait vue pleurer ou me mettre en colère. J'ai raconté à Kristina ce qui s'est passé.

« Il faut l'amener à l'hôpital, m'a dit Kristina en caressant avec précaution les boucles noires de Lilé.

— Comment ça, l'amener à l'hôpital ? Jovan ne doit pas le savoir. »

Kristina se taisait. Moi aussi.

« Elle n'a rien, ai-je dit en tentant de me réconforter. C'est peut-être un léger trauma crânien. Je la coucherai un peu plus tôt ce soir.

— Lilé, Lilé », a crié Kristina. Lilé a levé la tête et l'a regardée.

« Bon, ça n'a pas l'air grave. Mais elle est assommée. Je ne sais pas quoi te dire. Tu devrais quand même aller à l'hôpital.

— Qu'est-ce que je vais pouvoir dire à Jovan ? Même si je lui dis que j'étais seule ou chez toi, je serai coupable de ce qui est arrivé à Lilé. Il va me tuer. Non, il ne doit absolument pas l'apprendre. »

À nouveau, Kristina n'a pas répondu et nous sommes restées silencieuses.

« Ne t'inquiète pas. Tu penses toujours au pire. Allez, ça va passer, c'est une gamine. Ils passent leur temps à tomber et se relever, m'a-t-elle dit en essayant de sourire.

— Oui, ça va passer. C'est rien. Pas vrai, Lilé ? Tu as mal quelque part, petite fille à sa maman ?

— Boum, boum », a de nouveau fait Lilé en se tenant la tête.

Nous sommes rentrées à la maison et je l'ai couchée pour qu'elle se repose. Je me suis allongée à côté, dans notre lit. Kristina avait essayé de me raisonner quand nous étions chez elle, mais elle n'avait pas réussi. J'ai attendu que Lilé s'endorme et, quand j'ai entendu sa respiration régulière, j'ai pris un somnifère et me suis aussi endormie.

Je me suis réveillée vers minuit. Jovan était penché sur le lit de Lilé et l'embrassait. « Ma petite cane », a-t-il chuchoté en baisant l'extrémité de ses doigts. Lilé a un peu bougé dans son sommeil. Puis Jovan s'est couché près de moi et s'est endormi.

J'ai été réveillée au milieu de la nuit par les hurlements

de Jovan. Il criait comme une femme, tenant Lilé dans ses bras et la secouant, mais Lilé ne bougeait pas. J'ai appelé les urgences, tout en ayant l'impression d'être dans un mauvais rêve, et j'ai eu du mal à composer le numéro. Nous sommes tous montés dans l'ambulance qui nous a conduits à l'hôpital. Le jour se levait quand on nous a dit que Lilé était décédée. Les médecins se sont mis à me poser des questions. Quel était le comportement de l'enfant la veille ? Est-elle tombée ou a-t-elle reçu un coup ? Je leur ai répondu que tout était normal, comme tous les jours. Je leur ai dit que Lilé n'avait pas pleuré et avait eu un comportement normal. Que nous avions passé la journée à la maison et rendu visite à une amie l'après-midi. Kristina, ai-je précisé en regardant Jovan. Chez elle aussi, Lilé s'est comportée normalement, ai-je dit.

Le médecin a demandé si Lilé avait des problèmes de santé et s'il y avait des maladies héréditaires dans la famille. J'ai fait non de la tête, mais Jovan a posé sa bouche sur son poing fermé et fermé les yeux. « J'avais un frère qui est mort d'un traumatisme crânien quand il était bébé », a-t-il dit. Je l'ignorais. Le médecin a hoché la tête en concluant qu'il s'agissait sans doute du même problème.

Vers midi, j'ai appelé Kristina pour lui annoncer que Lilé était décédée. Je l'ai informée que l'enterrement aurait lieu le lendemain à midi. Et je lui ai dit que Jovan ne savait rien. Si quelqu'un posait la question, nous étions venues avec Lilé dans l'après-midi lui rendre visite, et Lilé s'était comportée normalement. « D'accord ? » lui ai-je demandé. Kristina n'a rien dit. Je l'ai entendue renifler au bout du fil. J'ai raccroché parce que je ne voulais pas entendre ses pleurs.

Il m'était douloureux de regarder Kristina et Jovan pendant l'enterrement. Ils étaient tout le temps auprès de moi et faisaient beaucoup de bruit. Kristina ne me quittait pas des yeux, la bouche entrouverte et baveuse, sanglotant faiblement. Elle ne faisait même pas l'effort de tenir un mouchoir devant sa bouche pour nous éviter de la voir baver. Et Jovan n'était pas lui-même, c'était horrible à voir. Il me tirait par la manche. J'avais déjà du mal à tenir debout et j'avais envie de me coucher par terre. Je n'avais pas besoin de son poids à lui en plus. À un moment nous sommes tombés tous les deux et les personnes présentes ont crié. Quelqu'un m'a prise par les bras et m'a soulevée avec une telle force que j'en ai eu des bleus aux épaules. Mes bas étaient déchirés et pleins de boue car il pleuvait ce jour-là. Un crétin de cousin a dit que le ciel pleurait Lilé en me caressant le dos. J'en ai frissonné de dégoût.

Après l'enterrement, en une nuit, Jovan a changé. Le visage défait, les yeux larmoyants. Ses cheveux ont blanchi puis sont tombés. Il ne lui est resté qu'une couronne autour de la tête et une touffe grise sur le front. L'homme grand et fort qu'il était est devenu petit et faible. Même son âme s'est ramollie, ce qui me répugnait. Il a cessé de partir en déplacement et se couchait en même temps que moi, ce qui m'empêchait de m'endormir. Il s'allongeait à mes côtés et me serrait dans ses bras. Et à peine assoupi il commençait à ronfler, puis cessait de ronfler et se mettait à se tourner et se retourner, soupirant et gémissant. Je le réveillais et il se serrait contre moi en m'embrassant et me caressant, à soupirer silencieusement jusqu'à ce qu'il se rendorme. Le premier mois, j'avais peur de bouger et de dire quoi que ce soit, mais j'ai rapidement compris que je n'avais plus à le craindre. Je l'ai chassé de notre lit. « Ne m'oblige surtout pas à dormir dans une autre pièce », m'a-t-il suppliée. Nous dormions donc dans la même chambre, mais dans des lits séparés.

Un peu plus tard j'ai remarqué qu'il commençait à s'adoucir au sujet de ma mère. La première fois, il a indiqué que Lilé lui ressemblait beaucoup. J'ai trouvé cela de mauvais goût, car il devait penser aux sourcils qui se rejoignaient au-dessus du nez. Avant, quand Lilé était vivante, il disait qu'elle ressemblait à sa mère à lui. Maintenant, soudain, Lilé ressemblait à ma mère. Cela aussi m'a dégoûtée, mais je n'ai rien dit. Quelques jours plus tard, pendant le repas, il l'a de nouveau mentionné. J'avais fait une *tourlitava,* un plat de viande. Tout en mâchant, il m'a dit que j'étais la seule à faire une *tourlitava* aussi délicieuse. Puis il a avalé et m'a regardée. Il avait du gras autour de la bouche car il n'a jamais su s'essuyer avec une serviette. « Ta mère t'a bien appris à faire la cuisine. Dommage qu'elle soit tombée malade. » Je n'ai pas réagi. « Comment va ta mère ? » m'a-t-il demandé en coupant une autre tranche de pain. J'ai haussé les épaules. Je n'avais pas envie de parler de ma mère. Je n'étais pas retournée la voir après la mort de Lilé et sa vie était un poids pour moi. « Et ton frère, tu as des nouvelles ? » a-t-il poursuivi. « Non », ai-je menti. Ma mère était comme avant. Malade, misérable et impotente.

Mais Jovan ne voulait pas cesser de parler de ma mère.

Et un jour il m'a demandé : « Quand est-ce qu'on va voir ta mère ? » J'ai dû le regarder bizarrement car il a écarquillé ses yeux toujours larmoyants. Il voulait dire quelque chose mais il n'y arrivait pas. « J'irai toute seule », lui ai-je dit. Mais je n'y suis pas allée, car je ne voulais pas. Elle me dégoûtait autant que lui et je souhaitais parfois les voir morts tous les deux.

Cependant, Jovan continuait à me proposer de rendre visite à ma mère. « Tu n'as rien à faire chez ma mère. Tu n'y es jamais allé. Elle n'a même pas connu Lilé, et maintenant tu voudrais qu'on y aille tous les deux. Ce serait une insulte pour elle », lui ai-je dit une fois.

Il a baissé la tête et je ne voyais que sa touffe. Il ressemblait à un vieil enfant. « Vas-y toute seule, s'il te plaît », m'a-t-il répondu. Il a sorti des billets de sa poche et me les a tendus. Il y en avait beaucoup.

« Ne prends pas le train. Vas-y en taxi, m'a-t-il dit. Nous avons de l'argent. »

J'ai pris l'argent et le lendemain, après son départ au bureau, je l'ai glissé dans ma poche et suis sortie. Je ne voulais pas aller voir ma mère. Je me suis dirigée vers le centre commercial. Dans un magasin j'ai acheté des gants en cuir, dans un autre une écharpe en soie. Il serait facile de les cacher en attendant de demander de l'argent à Jovan au prétexte de m'offrir des gants et une écharpe. Je les ai mis dans le sac et j'étais impatiente de m'asseoir quelque part pour les regarder, les toucher, si doux et sentant le neuf. J'ai décidé d'entrer dans un restaurant. Je me suis assise dans un coin afin que personne ne puisse me voir. Je n'avais pas envie de manger, mais je n'avais rien à faire et je n'étais jamais allée toute seule au restaurant. J'ai commandé du *pindjour*, un mezzé au poivron rouge et à la tomate, du fromage et du pain, même si je n'avais pas faim. Mais quand le plat est arrivé, le pain était tout frais, le fromage doux et le *pindjour* rafraîchissant. J'ai tout mangé et je me suis sentie mieux. Alors j'ai commandé un hamburger, avec des pommes de terre et des légumes. J'ai même demandé un verre de vin rouge. En attendant d'être servie, j'ai ouvert le paquet avec les gants et l'écharpe, je les ai regardés et effleurés avec ma joue. Je me sentais bien. Je n'avais plus envie de pleurer comme avant. Puis j'ai été servie et j'ai tout mangé. Pour le dessert j'ai commandé un baklava puis une glace. J'ai ressorti les gants et l'écharpe et je les ai de nouveau admirés. Comme j'avais encore du temps, je suis allée au cinéma. Je ne sais pas ce que j'ai vu. Un film historique. J'ai sommeillé dans le grand fauteuil et, le film terminé, je suis rentrée à la maison.

« Comment va ta mère ? m'a demandé Jovan en rentrant du bureau.

— Comme avant », ai-je dit. Soudain, j'ai fait un rot sentant l'oignon et j'ai eu peur de me trahir.

« Qu'est-ce que vous avez mangé là-bas ? m'a-t-il demandé comme s'il devinait ce que j'avais fait.

— Je lui ai préparé des boulettes à l'oignon. J'ai acheté la viande avant de partir. » J'ai été surprise par ma débrouillardise.

« Mmm, c'est bon ça », m'a-t-il dit en souriant. Puis il s'est approché de moi et m'a serrée dans ses bras, tandis que je restais raide comme un poteau. « Retournes-y la semaine prochaine, m'a-t-il dit.

— D'accord », ai-je répondu.

Ma mère est morte six mois après la mort de Lilé. C'était un soulagement, mais Jovan était visiblement touché. Il me suivait partout et ne me quittait pas des yeux. Il me demandait si j'avais besoin de quelque chose, me préparait du café, m'achetait des gâteaux. Le lendemain de son décès, il a même pris l'initiative de préparer le déjeuner. C'est lui qui a payé pour l'enterrement, le caveau et la pierre tombale, mais je lui ai demandé de ne pas assister à la cérémonie. J'ai dit à mon frère et à ma belle-sœur qu'il nous était pénible de supporter un second enterrement. Ils ont seulement poussé un soupir dans le combiné. Kristina aussi est venue me voir quand elle a appris. Je l'évitais depuis la mort de Lilé.

Nous nous sommes assises dans la cuisine, l'une en face de l'autre, à la table où nous prenions le petit-déjeuner et où je prenais le café avec elle et d'autres amies avant la mort de Lilé. Elle me regardait, reniflait et arrachait nerveusement de petites peaux autour de ses ongles.

« Comment vas-tu ? a-t-elle demandé.

— Bien.

— Tu as grossi », m'a-t-elle dit.

Je n'ai pas répondu. Ça ne m'intéressait pas de savoir si j'étais grosse ou maigre, et j'estimais que cela ne la regardait pas. Puis elle s'est mise à parler de ma mère, à quel point c'était une femme merveilleuse, à quel point son destin avait été difficile. Elle a dit aussi quelque chose de stupide pour essayer de me consoler, que ma mère avait eu deux enfants dont elle pouvait être fière.

« Quelle fierté, Kristina ? ai-je laissé échapper. Je ne

suis pas allée la voir pendant deux ans alors qu'elle était malade. Quand j'y suis allée avec Lilé, je ne l'ai même pas réveillée. Elle est morte sans avoir connu ma fille. Et je n'ai pas donné son prénom à ma fille.

— Ta situation était compliquée. Elle était sans doute compréhensive. Ton père avait un caractère difficile. »

Nous nous sommes tues. Soudain, elle a posé sa main sur la mienne, l'a serrée, et, je ne sais ni pourquoi ni comment, j'ai éclaté en larmes.

« Tu dois en parler à Jovan, m'a-t-elle dit.

— Parler de quoi à Jovan ?

— Tu le sais bien.

— Jamais entendu une chose aussi stupide, ai-je répondu. Pourquoi lui parler de ça ? Tu veux ma mort aussi ?

— Tu mourras de ce qui te torture. Les secrets rongent de l'intérieur. « Et elle a fondu en larmes. » Je fais des cauchemars toutes les nuits. Je pense que si tu ne lui dis pas, ça va très mal finir.

— Plus mal que ce qui s'est déjà passé ? Ne dis pas des bêtises.

— Ce n'est pas bien vis-à-vis de lui. Tu vois comme il a changé ? Il est tout le temps auprès de toi. Comme s'il se sentait coupable.

— Mais il *est* coupable », ai-je dit à Kristina.

Une fois couchés, avant de nous endormir, j'ai entendu Jovan pleurer dans son lit. « Qu'est-ce que tu as maintenant ? lui ai-je demandé.

— Pardonne-moi, m'a-t-il dit.

— De quoi ?

— Pour ta mère. »

Un silence s'est installé.

« J'avais peur à cause de sa maladie. Je croyais qu'il t'arriverait quelque chose, à toi et à Lilé, si vous alliez chez elle. Elle me dégoûtait, elle, sa maison, le village, tout. Je voulais que tu restes loin de là. »

Je restais silencieuse. Il essayait de contrôler sa voix.

« Mais voilà, c'est à cause de moi que Lilé est partie. Sa maladie vient de ma famille. C'est ma faute », et il a fondu en larmes.

C'est ta faute, je voulais lui dire. *C'est ta faute et à personne d'autre. Ta faute, ta faute, ta faute*, je le répétais en moi-même, mais à voix haute, je lui ai dit d'arrêter de dire des bêtises, de me laisser dormir, et de ne pas en rajouter, car c'était *ma mère* qui venait de mourir.

Cette nuit-là, j'ai rêvé qu'avec Kristina nous préparions de l'aïvar devant l'immeuble. Nos mains et nos ongles étaient rougis d'avoir épluché des poivrons. Je sentais la grande cuillère en bois peser de plus en plus. J'ai regardé Kristina. Ses yeux étaient rouges et gonflés. *Je vais le dire*, a-t-elle fait. *Je vais le dire*, répétait-elle. *Non, tu ne diras rien*, je lui ai répondu, et je savais que mes mots étaient magiques et qu'elle ferait ce que je lui dirais de faire à cet instant. Soudain la cuillère s'est coincée dans le chaudron. J'ai regardé à l'intérieur. L'aïvar était rouge braise et fluide comme de l'eau. La cuillère était prise dans quelque chose. J'ai eu du mal à la sortir. À son extrémité il y avait de petites boucles noires. J'ai replongé la cuillère dans le chaudron et j'ai sorti de ma bouche un cheveu noir. Puis un deuxième, puis une touffe entière de cheveux. J'ai regardé Kristina avec inquiétude, mais à sa place se tenait ma mère qui portait les boucles d'oreilles de Lilé. Elle remuait l'aïvar et souriait, tandis que de sa bouche sortait une odeur aigre, l'odeur de la putréfaction. J'ai ouvert les yeux et vu Jovan devant moi. Sa bouche sentait comme celle de ma mère et il me secouait pour me réveiller.

Le 8 mars

Rien ne serait arrivé si, ce soir-là, nous n'étions pas tombés sur Irena au restaurant. Ça et l'influence de ma mentor qui, depuis des mois, me disait que je devais me trouver un amant. « Tu es resplendissante. Tu es magnifique. As-tu enfin trouvé un copain ? » me demandait-elle quand on se rencontrait pour boire un café. Ou : « Toute femme qui réussit doit avoir un amant ! » Cela me troublait, car ces conversations étaient en général suivies d'informations sur son mari : où ils avaient passé le week-end ou ce qu'il lui avait offert. Elle lui téléphonait souvent quand nous étions ensemble et lui susurrait des mots d'amour, pensant que je n'entendais pas.

« Il est temps pour toi d'avoir un amant, je le vois bien », reprenait-elle. Je commençais à me demander pourquoi elle me parlait ainsi. J'ai d'abord pensé qu'elle n'était pas très heureuse avec son mari. Pourtant, à part son insistance sur les amants, je ne voyais chez elle aucun signe d'insatisfaction. C'est pourquoi je pensais que c'était chez moi que quelque chose clochait, puisqu'elle insistait pour que je prenne un amant. Je me suis dit que je devais avoir l'air de quelqu'un en manque de sexe. C'est alors qu'un homme aux cheveux gris, très élégant, est entré dans le café. « Sanja, a dit ma conseillère en posant sa main sur la mienne, regarde, celui-ci est pour toi. » Ce n'était pas tout à fait exact, mais avouons qu'il était assez sexy.

« OK, alors explique-moi : *comment* je me trouve un amant ? » je lui ai demandé une fois comme pour plaisanter, puisque, selon elle, sa suggestion relevait de la plaisanterie. Si je lui avais demandé si elle avait eu quelqu'un d'autre dans sa vie, elle ne me l'aurait certainement pas avoué. Elle n'aurait dit ni oui ni non – elle avait clairement établi une distance entre nous. Elle questionnait, je répondais. « Quand on désire vraiment quelque chose, tout devient possible », m'a-t-elle répondu.

Je pouvais difficilement m'imaginer ce que c'était, qu'avoir un amant. Je n'avais jamais trompé Boban. Pas même en pensée. Je n'ai jamais rencontré d'homme susceptible de me plaire autant que Boban. Avec lui tout était paisible, chaleureux et agréable. Nous ne nous sommes jamais disputés et j'ai toujours pu compter sur son soutien. Nous formons une heureuse famille de quatre personnes. Cela dit, il est vrai que ces derniers temps nous faisons rarement l'amour. Peut-être une fois par mois. Franchement, je n'en ressens pas le besoin. Nous sommes ensemble depuis vingt-deux ans et nous avons peut-être dépassé ce stade. Cependant, il m'arrive parfois, quand je vois une scène sexy avec un acteur qui me plaît – il n'y a que les acteurs qui me plaisent, pas les hommes réels –, de sentir des chatouillements comme avant. La dernière fois que cela m'est arrivé, je me suis dit que je pourrais en profiter. J'avais honte de reconnaître que la scène érotique du film m'avait excitée, et je voulais agir de façon subtile. Je me suis tournée vers Boban, mais il s'était endormi sur le canapé.

Je suis très fâchée contre ma mentor de m'avoir mis cette idée dans la tête. Si elle estime qu'il me faut un amant, et c'est une femme raffinée, intelligente, très bienveillante, alors c'est qu'il doit y avoir quelque chose qui ne va pas chez moi. Toute ma vie j'ai suivi ses conseils et je ne l'ai jamais regretté. Jusqu'à cette fois-ci.

Mais elle n'est pas responsable de tout. Il y a aussi Irena, cette affreuse créature. Elle est arrivée au restaurant des Trois Faisans, où le directeur de l'institut nous avait rassemblés pour fêter le 8 mars. Le restaurant était plein à craquer, un groupe jouait de la musique traditionnelle et tout le monde était joyeux. Nourriture et boisson étaient aux frais de nos collègues du sexe fort. Et c'est la raison pour laquelle Irena a provoqué un scandale en partant. « Plus machiste tu meurs ! » a-t-elle lâché et elle a lancé de l'argent sur la table pour payer son raki, car elle en avait bu plus d'un petit pichet. « Vous ne voyez pas que c'est ce genre de merde qui renforce notre soumission ? Le temps d'un putain de jour dans l'année on fait attention à elles, on leur paie à boire et on leur offre des fleurs, et le reste du temps on les traite en putains d'esclaves. Un tel comportement sous-entend l'inégalité, ce qui est contraire au principe même du 8 mars », sermonnait-elle. « Qu'est-ce qui se passe, Irena, personne ne t'a offert de fleurs aujourd'hui ? la taquinaient les hommes. Ou c'est autre chose qui te ferait plaisir, hein ? » la provoquaient-ils. Irena est partie, furieuse. Tout ça m'a beaucoup plu. J'aurais dû moi aussi lui dire quelque chose : « Si tu es tellement féministe, pourquoi tu es venue à cette fête ? » Je le lui dirai peut-être un autre jour.

Et pourtant, à son arrivée, elle était mieux que d'habitude. Elle était sur son trente et un, ce qui, pour elle, est exceptionnel. Habituellement, elle vient au bureau en jeans et en baskets, ce que je trouve inadmissible pour une jeune professionnelle – pour n'importe quel professionnel, d'ailleurs. Franchement, à mon avis, on ne vient pas comme ça au travail. Je ne l'ai jamais vue porter de veste de tailleur, sans parler de chaussures à talons. Ses ongles ne sont jamais soignés. Elle doit ignorer ce qu'est une manucure, et encore plus une pédicure. Je pense aussi qu'elle a tort d'être fière de ses cheveux jamais coiffés. Ils bouclent naturellement et elle les garde comme ça. Elle ne se maquille jamais, ce qui, pourtant, lui irait bien. Elle porte des bijoux – des boucles d'oreilles en bois et des bracelets en pierre, certainement bon marché. Je n'ai jamais vu sur elle quelque chose de coûteux. Et elle pourrait être bien plus attrayante. Ses jambes sont fines, elle a de gros seins, et aussi des fesses. Elle n'est pas forte, elle a un beau teint mat, des lèvres charnues et des yeux verts. Si elle était maquillée et bien habillée, elle pourrait avoir l'air sympa, nous en avons souvent parlé entre collègues, femmes et hommes.

À la longue table du restaurant des Trois Faisans, je me suis ce soir-là retrouvée assise à côté de Toni. C'est un de mes collègues, un peu plus âgé que moi. Nous avons fréquenté le même lycée et la même université, où il a été quelque temps assistant. Aujourd'hui, on travaille ensemble et on s'entend très bien. D'autant que Toni est marié, lui aussi, et a un enfant. Nous avons, tous les deux, examiné Irena dès son arrivée. Alors qu'elle saluait les autres collègues, nous avons commenté son allure. « Regarde-moi cette petite Irena, a dit Toni. Qu'est-ce qui lui prend ? » Il m'a adressé un regard taquin et nous avons éclaté de rire. Irena était vêtue d'une robe noire boutonnée qui lui arrivait aux genoux. Elle n'avait pas de talons, mais la robe produisait son effet en dessinant les formes de son corps. Elle portait aux oreilles des pierres vertes en forme de larmes, un petit sac vert et des chaussures assorties. Elle avait fait un effort. Je me demandais bien pourquoi – n'était-elle pas une féministe radicale ? Il y avait une place libre à côté de moi et elle s'y est assise.

Toni était déjà un peu éméché à cause du raki et, en bon gentleman, il remplissait mon verre dès qu'il se vidait un peu. Il a également servi Irena.

« Tu es magnifique, Irena, lui ai-je dit.

— Merci », a-t-elle répondu en grignotant l'ongle de son pouce. Si elle avait eu du rouge à lèvres, elle s'en serait mis partout.

« Oui, toute fraîche. Pour une fois que tu te montres un peu, souriait Toni, voyons ce que tu as à offrir. Ha ha ha. »

Irena continuait de ronger son ongle. « Merci », a-t-elle dit en crachant un petit bout. Dégoûtant, ai-je pensé.

« Tu sors ensuite avec ton petit ami ? ai-je demandé, sachant qu'elle était depuis longtemps avec quelqu'un.

— Oui, probablement, a-t-elle répondu.

— Pffff, *petit ami*, dit Toni. À votre âge, les filles, vous avez encore des petits amis ? »

Irena allait dire quelque chose, mais Toni l'a interrompue.

« Tu as quel âge maintenant ? Trente et un ? Tu en as fini avec les maîtrises et les doctorats – qu'est-ce que tu attends ? » Toni lui a touché l'épaule d'une façon taquine en lui faisant un clin d'œil.

« Oui, pourquoi vous ne vous mariez pas ? » lui ai-je demandé. Cela m'intéressait vraiment. Je ne comprenais pas les gens qui vivaient comme ça. Je me disais que l'un d'eux devait refuser le mariage, en attendant de trouver mieux.

Irena a haussé les épaules. « Pas besoin. On vit ensemble depuis des années. C'est comme être mariés.

— Ah non, je te demande pardon, a dit Toni. Un mariage est un mariage. Un contrat est un contrat. Sinon, il n'y a pas de confiance.

— Allez, Irena, ça fait longtemps que nous n'avons pas eu l'occasion de danser à un mariage, ai-je glissé dans la conversation.

— Pour ça, pas besoin d'un mariage, tu nous apportes une bouteille et on va faire la fête ! » s'est écrié Toni en levant son verre de raki pour porter un toast. Nous avons trinqué tous les trois. Irena avait l'air un peu contrainte.

« Tu sais de quoi j'ai envie ? » m'a dit soudain Toni en posant une main sur son ventre et en s'étirant avec l'autre. Ses yeux brillaient à cause du raki. « Qu'on commande du foie grillé. »

Aussitôt, moi aussi j'ai eu envie de morceaux de foie grillé.

« Oh, moi aussi j'en mangerais bien, je lui ai dit. Mais l'oignon...

— Quoi l'oignon, c'est un souci pour les célibataires. » Il a souri en regardant Irena.

Il y a eu un silence pesant, car Irena n'a pas retrouvé le sourire.

« Bon, franchement. Qu'est-ce qu'il attend, ton petit ami ? Il va être trop tard, hein ! Tu ne pourras plus avoir d'enfants ! » a dit Toni.

Irena a essayé de répondre quelque chose, mais elle hésitait, et je l'ai prise de court. Peut-être sous l'effet du raki, j'ai été envahie par le bonheur d'être mère et active, moi une femme élégante et apprêtée. Irena m'est apparue comme une élève à qui je devais donner des conseils de vie comme ma conseillère le faisait avec moi.

« La chose la plus importante du monde c'est d'avoir des enfants. J'ai eu mon premier à vingt-sept ans, et maintenant je regrette de ne pas l'avoir eu avant.

— Oui. Moi, je regrette d'avoir un seul enfant. Il n'y a pas de plus grande richesse que les enfants, a dit Toni en m'adressant un regard complice.

— Dans la vie, rien ne peut te rendre aussi heureuse qu'un enfant, ai-je ajouté, inspirée par le raki. Une femme qui n'est pas mère est une femme non réalisée », et j'ai pensé à ma tante célibataire qui souffrait d'hypocondrie.

« Ça, vous pourriez peut-être le dire à mes collègues plus âgées ? » a soudain lâché Irena. Les mots ont roulé de sa bouche d'une façon maladroite.

« Pour elles il n'y a plus d'espoir. Elles ont trente-six ou trente-sept ans et elles sont restées célibataires. Tu veux finir comme ça ? » a ajouté Toni. Il lui a adressé un regard soucieux, tout comme moi. Au début il plaisantait, mais j'avais maintenant compris que nous agissions ainsi, Toni et moi, par responsabilité envers notre jeune collègue, et sa capacité à devenir une femme belle et épanouie.

« Finir comment ? » Irena a froncé les sourcils et une ride profonde s'est dessinée sur son front. Soudain, elle a paru plus vieille.

Toni a baissé la voix et s'est penché vers Irena. Il a jeté un coup d'œil aux autres personnes attablées pour vérifier qu'elles ne nous entendaient pas. Mais le violoniste et le guitariste étaient descendus de la petite estrade et jouaient spécialement pour les deux retraitées de l'institut, de sorte que tout le monde les regardait et applaudissait. « Tu vois Ema, comme elle est frustrée car elle a laissé filer le moment d'avoir un mari et des enfants ? » Ema se disputait avec tout le monde en voulant imposer ce qu'elle croyait juste. Elle le faisait même dans les ministères. Elle avait tout d'une lesbienne. « Oui, j'ai confirmé. Nevenka aussi. » Nevenka avait déjà quarante ans passés.

« Nevenka a bien un petit ami, non ? a demandé Irena.

— Oui, elle en a un. Le même depuis longtemps, si c'est à lui que tu penses. Un type assez costaud. Je crois qu'il est médecin, un gastro. Donc, il est pas mal. Mais tu sais, c'est une deuxième main. C'est ça. J'ai d'autres amies qui sont obligées de se contenter d'une deuxième, voire d'une troisième. C'est comme ça. » Je me suis imaginé combien ce serait terrible si j'étais divorcée et réduite à fréquenter des pères divorcés.

« Ouais, et après l'homme y trouve son compte. Il a

une petite jeune pour garder son enfant. Tu te souviens de Mirjana ? m'a demandé Toni. Elle s'est occupée toute sa vie de l'enfant de son mari et la voilà maintenant, à quarante-cinq ans, sans en avoir un à elle. Elle sera peut-être obligée d'adopter. »

Nous avons tous les deux fixé Irena. Elle restait silencieuse à se gratter nerveusement la nuque, comme si elle essayait d'arracher quelque chose. Dégoûtant, ai-je pensé. Elle ne devrait pas faire ça en public.

Au même moment, l'assiette de foie grillé est arrivée. Toni lui a fait la fête et en gentleman m'a servi d'abord quelques morceaux puis, en souriant, s'est apprêté à faire de même avec Irena, tout en voulant conclure la conversation.

« Donc, nous sommes d'accord. Mariage et enfant *d'urgence* », a-t-il dit avec un clin d'œil, maintenant en l'air la fourchette d'où pendait un gros morceau de foie.

Irena a repoussé sa main et le morceau de foie est tombé sur la nappe.

« Qu'est-ce que ça peut te foutre, que j'aie ou non des enfants ? » a-t-elle soudain éclaté. Toni s'est immobilisé, fourchette en l'air. Irena parlait d'une voix sourde, les dents serrées.

« Vous voulez bien ne pas vous mêler de ma chatte, comme je ne me mêle pas de vos histoires de cul ? »

Ce qu'elle disait était si vulgaire que nous étions trop choqués pour réagir. Je n'avais jamais entendu de tels propos en public. Surtout de la part d'une jeune femme.

« Par exemple vous deux. Vous vous êtes englués dans vos couples et maintenant vous essayez de fourrer les autres dans votre bouillie. Vous critiquez la vie privée des autres et vous faites des sermons sur la morale et les enfants, et vous baisez probablement en cachette. Oui, vous allez où tous les deux après, hein ? Vous croyez que je ne vois pas ce que vous faites ? Du foie grillé, mon œil. Allez, lâchez-moi ! » a dit Irena en se levant. Elle est allée à l'autre bout de la table s'asseoir à côté des retraitées où elle a fait plus tard un scandale à propos de la célébration du 8 mars avant de quitter la fête.

« C'était quoi, ça ? a dit Toni après l'incident.

— Ces jeunes, ils n'ont aucun sens de la mesure. Aucun respect. » J'ai répété la phrase que me disait souvent ma mentor. Mes mains tremblaient. Pas seulement à cause de la vulgarité d'Irena. Mais c'était comme si elle avait dit quelque chose à mon sujet que j'ignorais, quelque chose d'intime dont je n'avais pas conscience.

« Incroyable, a repris Toni en mordant dans un morceau de foie. Mmm, comme c'est bon. » Il mastiquait bruyamment en soufflant par le nez. À cet instant, l'inquiétude visible sur son visage s'est muée en plaisir, puis, comme revenant à lui, il a poursuivi sur le même sujet.

« C'était déplacé et ça ne se passera pas comme ça.

— Oui, il va y avoir des répercussions, ai-je dit en me demandant ce que j'entendais par là.

— On ne doit plus travailler avec elle, tu as raison.

— D'ailleurs, ça fait longtemps que nous deux, on n'a pas travaillé ensemble sur un projet. » Sitôt après avoir prononcé ces mots, je me suis de nouveau demandé pourquoi j'avais dit cela. Il y avait quelque chose dans les paroles d'Irena qui m'avait vexée, et j'avais la tête qui tournait un peu à cause du raki. Et comme je ne savais pas quoi faire, j'ai fourré dans ma bouche un morceau de foie. Il était bon.

Nous avons médit sur Irena encore un peu puis nous avons terminé le foie. Toni versait constamment du raki dans mon verre. Alors que nous essayions de parler sérieusement de notre futur projet, tout en nous souvenant du premier que nous avions élaboré ensemble plus de dix ans auparavant, son visage m'apparaissait de plus en plus beau. Je me suis demandé s'il me voyait de la même façon. J'ai remarqué que je m'étais redressée et que je touchais ma frange chaque fois qu'il me regardait.

« Il est mignon, ce Toni, m'avait dit un jour ma conseillère. Il y a quelque chose... de néandertalien dans son visage, avait-elle ajouté, malicieuse, mais il est quand même sympathique pour un homme des cavernes. Il a un corps un peu ridicule. As-tu remarqué comme ses petites jambes sont maigrichonnes ? »

Je regardais « le côté néandertalien » du visage de Toni et je me rendais compte que son front bombé me plaisait. Ses sourcils étaient épais et foncés, faisant de l'ombre à ses yeux qui ressemblaient ce soir à deux petits saphirs. Chaque fois qu'il me regardait, le bleu de ses yeux me piquait comme la pointe d'une alène sur la trachée.

Je pensais à ses « jambes maigrichonnes ». Toni était de grande taille et bâti vraiment bizarrement, mais on voyait qu'il avait dû être attirant quand il était jeune, avant d'avoir ce pneu de graisse qui lui donnait une forme de diamant. Il avait aussi l'arrière du cou renflé, comme une sorte de bosse dans la nuque qui lui ôtait un peu de prestance.

Ses jambes étaient longues, minces et fuselées – presque féminines, d'où les qualificatifs donnés par ma mentor. Mais il avait des bras forts et des mains énormes, aux phalanges poilues. À l'annulaire de sa main droite brillait une alliance en or. Je la fixais. Au milieu des couverts éparpillés sur la table, sous la musique traditionnelle de plus en plus tonitruante, le brouhaha des invités éméchés et la danse des femmes rondelettes qui tournaient en vacillant autour de nous, l'alliance étincelait d'une façon aveuglante.

« Excuse-moi. » Toni s'est approché de mon oreille, effleurant de ses lèvres une mèche de mes cheveux. « Ma femme me demande de nouveau au téléphone. Je dois répondre. »

« Allô ! a-t-il crié tout en couvrant sa bouche de la main où brillait son alliance. Je suis à une fête ! Qu'est-ce que tu veux ! Je ne sais pas quand je vais rentrer ! » puis il a coupé le téléphone et l'a ostensiblement jeté sur la table.

Il est revenu vers moi. J'ai senti son haleine chaude dans mon oreille et l'arrondi de sa nuque a surgi doucement devant mes yeux. « Excuse-moi, je ne sais plus quoi faire de ma femme. Elle me les casse. » Il s'est éloigné et, avec un air impuissant, a vidé son verre de raki.

« Elle t'appelle souvent quand tu sors, c'est ça ? » Cette fois-ci c'est moi qui me suis approchée de lui pour renifler son parfum.

« *Tout le temps.* » Il a accentué chaque syllabe, les yeux écarquillés. Ses dents brillaient et j'ai remarqué qu'elles étaient artificielles car reliées aux gencives d'une façon peu naturelle. Il s'est rapproché de moi. « Tu vois, elle ne sait pas quoi faire d'elle-même. Elle est obsédée par la maison.

Elle passe sa journée à faire le ménage et à préparer à manger pour moi et ma fille. Pour elle, je ne suis pas un bon chef de famille. Je sors trop souvent, je dépense de l'argent, je paie un coup à boire aux autres. Je n'aide pas à la maison et je lui rends la vie difficile. Elle me traite parfois d'ivrogne », a-t-il ri en levant son verre. Nous avons bu tous les deux une gorgée de raki.

« Tu bois beaucoup ? ai-je osé lui demander. Et tu sors souvent ?

— Mais de quoi tu parles ? Deux ou trois fois par semaine avec des amis au bistro. Comme ce soir. *Quand est-ce que tu reviens ? Qu'est-ce que tu as bu ? Tu as dépensé combien ?* » Il tordait sa bouche en haussant le ton, il imitait sa femme. Puis il s'est un peu éloigné et, de sa main portant l'alliance, il a fait le geste de celui qui parle beaucoup. « Bla-bla-bla-bla ! a-t-il crié. Elle m'appelle sans arrêt et me fait chier ! » a-t-il fait encore plus fort.

J'ai tendrement posé ma main sur son épaule. « Ne t'énerve pas, lui ai-je dit. Elle est possessive. N'oublie quand même pas que tu es un homme exceptionnel. » Ces mots étaient sortis tout seuls de ma bouche.

Un coude sur la table, il m'a regardée, les yeux mi-clos. Il était clair qu'il attendait la suite.

« N'oublie pas que tu es un grand intellectuel. Pardessus le marché, tu es un mari responsable et un père formidable, ai-je dit, sans en être certaine. Toute femme serait heureuse d'être avec toi », me suis-je surprise à dire tandis que le sang me montait au visage.

« Là, tu exagères », a-t-il répondu. Il a quand même

rapproché sa chaise de moi. Sa poitrine s'est gonflée, son visage éclairé. « Moi, un grand intellectuel ?

— Toi ? ai-je dit d'un air étonné. Mais tu es l'un des spécialistes les plus respectés dans ton domaine. Rares sont ceux qui possèdent tes connaissances. » J'ai répété ce que m'avait dit ma conseillère.

« Non, là tu exagères vraiment. » Il a balayé l'air de sa main avant de la plonger dans sa poche et d'en sortir une cigarette.

« Tu penses que je dis ça parce que mon mari est flic ? » Je pouvais plaisanter au sujet de mon mari policier en toute circonstance et les gens riaient toujours. Ils me trouvaient amusante.

« Tu as de l'humour, m'a-t-il dit en riant. C'est rare chez les femmes. » Quelque chose s'est gonflé en moi. La fierté, ai-je pensé.

« Allez, on sort fumer une cigarette. Ici, ça devient trop bruyant et suffocant, j'ai du mal à t'entendre.

— J'en prendrais bien une aussi, j'en ai envie tout à coup. Tu en as une pour moi ? » Cela faisait des années que je ne fumais plus. La dernière fois, c'était avant la naissance de ma fille, en vacances avec Boban, à Herceg Novi, où nous l'avons d'ailleurs conçue.

Nous sommes sortis dans la cour et nous nous sommes abrités sous un auvent dans le coin le plus éloigné, là où il y avait un petit banc en bois. On entendait les chansons et l'accordéon à l'intérieur. Nous nous sommes assis sur le banc et nos hanches se sont touchées. Il m'a tendu une cigarette et me l'a allumée avec l'un de ces briquets qui produisent une grosse flamme et qui sentent la pompe à essence. Il ouvrait et fermait le briquet en expert, comme je sais le faire avec un éventail. Mes doigts tremblaient un peu pendant qu'il allumait ma cigarette. J'ai eu le sentiment d'être à un rendez-vous galant, ce qui ne m'était pas arrivé depuis ma jeunesse.

« Et comme je te disais », a-t-il repris. Apparemment la conversation lui plaisait. Moi aussi, j'avais envie de continuer à parler de choses intimes. « Ce n'est pas facile pour moi, quand même.

— Tout le monde a des problèmes. C'est normal. » J'ai tiré sur la cigarette, ça me dégoûtait, mais j'essayais de ne pas le montrer. J'ai décidé de ne pas trop inhaler la fumée. Il se taisait et fumait, tenant sa cigarette entre le pouce et l'index.

« Et ton flic, il est comment ? m'a-t-il demandé en m'adressant un sourire malicieux. Il joue au flic à la maison ?

— Non, ai-je répondu, troublée par la question, et j'ai de nouveau tiré trop fort sur la cigarette et ma tête s'est mise à tourner. De nous deux c'est lui qui sort le plus. Mais je ne l'ennuie pas et ne lui demande pas où il va. Parfois il reste tard au bureau. Et voit ses amis. Qui sait où il va et ce qu'il fait. » Je regardais mes escarpins. Ils allaient à merveille à mes pieds fins, et cela m'a donné la force de parler de choses que j'aurais sans doute dû garder pour moi. Et je les ai peut-être exagérées.

« Sincèrement, cela ne me dérange pas. Depuis que les enfants ont grandi, j'ai enfin compris ce que c'était que la paix et la quiétude. Il sort le soir, et moi, j'allume la télé et je regarde des séries. Parfois pendant des heures, ça me repose. J'aime ces moments de solitude. La solitude est un luxe. » J'ai encore repris une phrase de ma conseillère.

« Moi, je ne te laisserais pas seule », a dit Toni en tirant sur sa cigarette. On a entendu le grésillement du tabac puis son souffle quand il a expiré la fumée. « Une femme comme toi, c'est rare.

— Bon, n'exagère pas quand même. » C'était mon tour de rougir de honte.

« Non, je te le dis sincèrement. » Il s'est tourné vers moi, et il avait l'air songeur, comme s'il me regardait de loin. À cet instant, la musique s'est arrêtée. Il y a eu des applaudissements et du brouhaha.

« On dirait que c'est fini. Quand je pense qu'il faut maintenant dire au revoir à tout le monde, ai-je soupiré.

— Éclipsons-nous. Tu es en voiture ?

— Non, c'est mon mari qui a la voiture ce soir.

— Je vais te raccompagner, alors. »

Je le savais un peu éméché, mais mon instinct me dictait de ne rien dire et de le laisser conduire. Nous nous sommes dirigés vers le parking silencieusement, à écouter le bruit de nos pas, l'un à côté de l'autre. Je n'avais pas envie de partir. Je voulais que la soirée continue et qu'on se touche. Je désirais qu'il m'embrasse, me prenne dans ses bras, et je n'en avais aucune honte. Quand nous sommes montés dans la voiture, mon désir s'est accru, car, à cet instant, c'est devenu notre endroit intime, notre maison provisoire. On y sentait l'odeur de son parfum et d'un aérosol à la lavande. Il a démarré le moteur, qui s'est mis à ronronner. Les lumières du tableau de bord se sont allumées, éclairant nos visages comme la douce flamme d'une cheminée. À la radio a retenti une chanson de Vlado Janevski. *Tu brilleras près de moi comme un ver luisant dans l'obscurité*..., chantait-il, tandis que je fondais. Je voulais ne jamais quitter la voiture. Je ne voulais même pas qu'on démarre. Je voulais que cela dure toujours. À cet instant son téléphone a de nouveau sonné. Sa femme.

« Ah non, pas cette fois, a-t-il dit en éteignant le téléphone. Plus de batterie. Tu comprends ? » a-t-il continué, tournant le volant sans me regarder dans les yeux. Il m'a semblé encore plus viril.

Toni avait l'air songeur en conduisant. Je lui jetais des coups d'œil en cachette. Plusieurs fois il a pris une forte inspiration, comme s'il voulait dire quelque chose, mais a ensuite renoncé. Il a fini par souligner combien la croix au sommet du mont Vodno brillait fort cette nuit-là. « Oui, elle est belle », ai-je dit, ne sachant pas si je devais avouer qu'elle me plaisait. Il y avait des personnes à l'institut qui haïssaient cette croix et il était risqué en leur présence de reconnaître qu'elle me plaisait. Alors Toni a ajouté : « Cette croix n'était pas là quand nous sommes allés y fêter ton diplôme.

— Oh là là, qu'est-ce que nous avions bu. Tu étais assistant, moi étudiante. Ça n'avait rien de professionnel, mais nous avons passé un bon moment. Et nous étions si contents que tu te joignes à nous.

— Il n'y avait pas tant de différence entre nous. J'avais vingt-neuf ans, toi vingt-deux. Et puis, je n'étais pas ton prof.

— Je sais, ai-je fait de manière totalement inutile.

— Mais je savais parfaitement qui tu étais. »

Je ne savais pas quoi répondre. Mon cœur s'est emballé.

« Ça te dit qu'on aille fumer une cigarette au belvédère ? La nuit est si belle. » J'ai hoché la tête. « Pour tout te dire, je n'ai aucune envie de rentrer à la maison, l'ai-je encouragé. Mais je ne voudrais pas que ça cause des problèmes avec ta femme.

— Laisse tomber », a-t-il fait avant de tourner à gauche en direction du Vodno.

Nous nous sommes garés sur le parking du belvédère. Je suis descendue de la voiture et me suis dirigée avec précaution vers le parapet surplombant une très belle vue sur la ville. J'avais conscience de ma démarche, de mes pieds gracieux dans mes escarpins, de mes longues jambes et de mes formes. J'ai ralenti le pas, ondulant légèrement des hanches. Je percevais Toni, qui marchait lentement derrière moi et m'observait. J'ai eu l'impression qu'il était comme une grosse bête sauvage me guettant, et tout mon corps s'est hérissé.

La ville disparaissait sous le brouillard qui, dans la lumière de la pleine lune, semblait se diluer comme du lait. Les lumières des voitures et des habitations peinaient à le percer.

« C'est la pleine lune », ai-je fait remarquer, mais Toni n'a pas répondu. C'est pourquoi j'ai continué de parler. « Tant de vies, tant d'histoires se déroulent dans la ville, des histoires que nous ignorons », ai-je poursuivi avec émotion. Je faisais exprès, pour lui montrer combien je suis sensible et intelligente. Mais il s'est contenté d'acquiescer et a glissé ses mains dans les poches. Puis il s'est hissé sur la pointe des pieds avant de reprendre sa position initiale.

« C'est justement ici que nous étions pour ton diplôme. Tant d'années ont passé...

— Le temps s'écoule comme une rivière et nous restons sur place comme des petits cailloux. Le temps nous abîme sans qu'on en soit conscient », ai-je continué, reprenant les mots de ma grand-mère quand elle avait bu trop d'ouzo au repas. Et comme il ne savait pas quoi dire, j'ai ajouté quelque chose qui le ferait réagir : « Nous avons vieilli.

— Tu n'as pas changé, m'a-t-il dit, se tournant vers moi et s'appuyant du coude sur le rebord du parapet. Tu as toujours été la plus belle, et tu l'es restée. »

J'ignore d'où m'est venu ce courage de le regarder droit dans les yeux. Lui aussi m'observait. Il a effleuré ses lèvres de son index, m'indiquant de l'embrasser. Je me suis approchée et je l'ai fait. Alors que je l'embrassais, une furieuse tempête de pensées s'est mise à gronder dans ma tête. La plupart étaient en relation avec le constat que c'était la première fois que je trompais mon mari. Mais l'essentiel, c'était que je n'en avais rien à faire. Alors que mes lèvres touchaient celles de Toni, je pensais à la relation que j'avais eue avec Marjan avant d'épouser Boban. C'est avec Marjan que j'avais perdu ma virginité et, lorsqu'on faisait l'amour, et ça durait longtemps, j'avais deux ou trois orgasmes. Notre relation, elle, n'avait pas duré longtemps, il m'a quittée au bout de quelques mois, ce qui m'avait beaucoup blessée. J'étais amoureuse de Boban, mais faire l'amour avec lui ne me satisfaisait pas tout à fait – littéralement. J'ai lu dans des magazines que ce qui importe, c'est la technique, et pas la taille, et mes amies aussi me le disent, mais j'ai du mal à admettre que, pendant toutes ces années, j'ai rêvé qu'il en avait une plus grande, une comme Marjan. J'aurais voulu vivre un jour tout ce dont parlaient les femmes dans les séries, dans les magazines, et que je n'ai pas connu jusqu'au bout avec Boban. Ma vie amoureuse avec Boban était chaleureuse mais si ennuyeuse que j'évitais parfois d'aller me coucher en même temps que lui, quand il m'appelait, au lit, prolongeant le moment de la vaisselle. Si longtemps que Boban s'endormait et que j'échappais ainsi à l'obligation de faire l'amour, de faire semblant d'aimer ça, car Boban était quand même très attentif et bon avec moi, et lui montrer de l'indifférence m'attristait, j'étais obligée de simuler. Boban avait insisté pour acheter un lave-vaisselle, mais je m'y opposais catégoriquement, en disant que ça consommait trop d'électricité et ne nettoyait pas bien – ce qui est faux.

L'haleine de Toni était chaude et lourde, comme son parfum. Dès que nos lèvres se sont touchées, il a ouvert ma bouche avec sa langue. Le goût amer des cigarettes qu'il fumait. Il s'est redressé, m'a enlacée et a enfoncé sa langue au fond de ma gorge. Il fait une tête de plus que moi et j'ai dû reculer mon visage. Il fouillait, fouillait avec sa langue comme s'il cherchait quelque chose dans ma bouche. Je n'étais pas sûre d'apprécier son baiser, mais il s'y trouvait une passion comme je n'en avais pas senti depuis longtemps. J'ai aussi tendu ma langue et le baiser a pris une allure de combat. Nos dents s'entrechoquaient et j'avais la bouche barbouillée de salive. Ses mains se sont mises à parcourir mon dos et ont rapidement fondu sur mes fesses. Il a entrepris de les pétrir fortement des deux mains. Il m'a léché le menton et le cou jusqu'aux oreilles. « Sanja, Sanja », murmurait-il en me pinçant les fesses. Il s'est collé à moi et j'ai senti quelque chose de dur contre mon ventre. Je me suis demandé si c'était la boucle de sa ceinture ou autre chose. Soudain, il s'est mis à déboutonner mon chemisier. Il a sorti un de mes seins, qu'il a léché. « Comme tu es belle », chuchotait-il entre les baisers, ce qui me plaisait beaucoup car personne ne m'avait parlé ainsi depuis longtemps.

Il m'a lentement dirigée vers la voiture. « Allons ailleurs, ici il y a trop de lumière », m'a-t-il dit, en me tirant par la main. De l'autre j'allais reboutonner mon chemisier. « Laisse ça », m'a-t-il dit une fois dans la voiture. Il a de nouveau sorti mon sein pour le sucer. Puis il a démarré. C'est donc ça, ai-je pensé. C'est ça, l'infidélité. Voiture, obscurité, alcool. Heureusement que je suis épilée, je me suis dit, sinon je ne me serais pas déshabillée.

Toni roulait lentement sur la route principale. Il a bifurqué dans un chemin en terre, a stoppé, puis fait demi-tour. « C'est pas là. » J'ai eu envie de lui demander comment il connaissait ces endroits, mais je ne l'ai pas fait. Il a fini par se garer non loin de la route principale. C'était une petite clairière avec un arbre en son centre et des buissons tout autour. Il est sorti de la voiture et s'est assis sur le siège arrière. C'est allé si vite que cela m'a surprise. « Tu attends quoi ? a-t-il demandé. Viens ici. Il y a plus de place. » Il l'a dit d'une façon si peu spontanée, si prévisible, que ça m'a déçue, et mon envie de tromper mon mari est retombée. Mais j'ai obtempéré en passant sur la banquette puisqu'on en était arrivés là et que ça n'avait pas de sens de revenir en arrière.

Détends-toi, me répétais-je. C'est ce que Marjan me disait les premières fois que nous avons fait l'amour. Profite, me disais-je. Tu ne fais rien de mal. Tout le monde le fait, même ma mentor, me suis-je répété pendant que Toni me léchait le cou et les seins. J'ai ouvert les yeux pour l'observer. Dans ses grosses mains, mes seins ressemblaient à des tasses à café à l'envers. Il les a malaxés. J'ai soupiré bruyamment. Boban ne les serrait jamais comme ça. À la réflexion, il était trop tendre. Il se comportait avec mon corps comme si j'étais en porcelaine. Il se couchait sur le lit et me caressait longtemps, en m'embrassant si tendrement, comme si des papillons effleuraient ma peau. Alors que Toni a rapidement enlevé mon collant, retiré ma culotte et remonté ma jupe jusqu'au nombril. Je ne savais plus bien ce qui m'arrivait – il mordait, pinçait et enfonçait si fort ses doigts que ça me faisait mal. Puis il s'est arrêté pour déboutonner son pantalon. Il l'a baissé jusqu'aux genoux. « Prends-moi un peu dans ta bouche », a-t-il dit.

Il était à moitié dur. Il se l'étirait avec une main tout en me maintenant la tête de l'autre, pour m'empêcher de la relever. Il bougeait les hanches en me remplissant la bouche. Il a précisé « fais gaffe avec tes dents », alors que c'était inévitable, compte tenu de ses mouvements de hanche. J'avais envie de vomir, mon nez s'est mis à couler, mais je ne pouvais pas bouger car il me maintenait la tête. J'essayais d'agir comme une dame, de ne pas grogner, ni renifler, mais c'était impossible avec ses mouvements sauvages qui devenaient désespérés. Soudain, j'ai senti qu'il durcissait un peu et cela m'a encouragée à m'activer davantage. D'un coup, dans mon oreille gauche ont retenti de longs et sonores gargouillis intestinaux. Au début, cela ressemblait à un tonnerre lointain qui s'est transformé en un miaulement. Toni a ralenti ses mouvements et s'est immédiatement ramolli. En s'en rendant compte, il a recommencé à s'agiter, à tirer dessus et à appuyer sur ma tête, si bien que la nausée est revenue. Puis encore : les gargouillis sonores, longs, presque un gémissement musical venu de ses intestins, suivi d'une pause, et, soudain, une odeur pestilentielle, lourde et humide, qui m'a sauté au visage. Mon estomac s'est retourné et j'ai senti que la nourriture des Trois Faisans me remontait dans la bouche. J'ai pincé les lèvres et, les joues pleines, j'ai voulu ouvrir la portière de la voiture en passant par-dessus les genoux de Toni, mais je n'ai pas réussi à l'atteindre à temps. Ça a giclé sur la fenêtre et sur ma main ornée de mon alliance. Morceaux de foie, persil, raki, eau, oignon : je sentais que tout me ressortait par la bouche, par le nez. « Qu'est-ce que tu as fait ? m'a dit Toni au lieu de m'aider. Pousse-toi un peu. » Il a haussé la voix en m'écartant et en essayant de s'extirper, mais il s'est pris les pieds dans son pantalon qui était resté baissé autour de ses genoux. Il a reculé à l'autre bout du siège arrière en s'éloignant de moi le plus possible. À genoux sur le siège, la tête hors de la voiture, je n'arrêtais pas de vomir. Dès que je croyais que c'était fini, je me redressais, je relevais la tête, et de nouveau je sentais l'odeur qui m'avait éclaboussé le visage, et le goût du foie quelque part dans mon œsophage, et je me crispais en évacuant de l'acidité gastrique.

Toni se taisait. Il restait à distance, comme si je le dégoûtais. Je n'ai pas pensé un instant que lui aussi pouvait se sentir mal jusqu'au moment où il s'est mis à gémir doucement. Je l'ai entendu se déplacer. Je me suis retournée et je l'ai vu plié en deux, la tête entre les genoux. Il a ouvert la portière et a essayé de sortir mais, oubliant son pantalon toujours baissé, il est tombé de la voiture. J'ai entendu une masse chuter au sol et un pet sonore. Mon Dieu, me suis-je dit, on ne peut pas faire pire. Mais si, on pouvait. Toni s'est relevé, tentant à la fois de courir et de remonter son pantalon. J'ai vu ses petites jambes ridicules, semblables à celles du petit de la cigogne qui apprend à marcher. Il est arrivé au grand arbre et s'y est appuyé. Il s'est mis à vomir, lui aussi. Il s'efforçait de vomir, avec un râle guttural, comme s'il soulevait un gros poids, et immédiatement après il a pété brièvement mais puissamment. Il a répété cela plusieurs fois, sans parvenir à vomir. Puis, soudain, il s'est caché derrière un buisson. J'ai entendu de nouveau les mêmes bruits, et malgré la grande taille de Toni derrière le petit buisson, je ne le voyais pas. J'ai accouru mais une forte odeur m'a arrêtée, et j'ai entendu Toni me lancer d'une voix épuisée : « Va-t'en ! » Je suis restée là à écouter les bruits de gargouillis et d'écoulement, les gémissements. Alors quelque chose a brillé derrière moi. Je me suis retournée et j'ai été aveuglée par le faisceau d'une lampe. Un homme s'approchait de moi dans l'obscurité, m'éblouissant. Il a d'abord éclairé mon visage, puis tout mon corps. J'étais débraillée, un sein sorti du soutien-gorge, la jupe relevée, et je n'avais plus de collants. « Bonsoir, m'a dit le policier en s'approchant. Vous avez un problème ? » Je n'arrivais pas à voir son visage. J'ai prié pour ne pas le connaître. À cet instant, Toni s'est redressé derrière le buisson et, tel un chevalier servant, est venu jusqu'à moi.

« Que faites-vous ici ? » a dit le policier. Ce n'était pas une question mais une accusation.

« Nous avons une intoxication, a dit Toni.

— Vous avez bu ? » a demandé le policier. Cette fois, c'était une question.

« Non, nous avons mangé des morceaux de foie grillé, a dit Toni.

— Au restaurant, ai-je ajouté.

— Vos papiers, s'il vous plaît », a fait le policier d'une voix tranchante. J'ai prié pour entendre une pointe d'humanité dans sa voix.

« Tout de suite, tout de suite, ils sont dans la voiture », a répondu Toni en courant les chercher. Il était soumis et ça m'a semblé méprisable. Je l'ai suivi en arrangeant ma jupe. Le policier a accompagné Toni, qui a ouvert la portière côté conducteur pour attraper son permis de conduire. « Merde, qu'est-ce que c'est ça ! s'est exclamé le policier en marchant dans mon vomi.

— Oh, excusez-moi. Une sale intoxication, a dit Toni. N'allez jamais manger au Trois Faisans, demain je vais déposer plainte. Cela ne m'était jamais arrivé », a raconté Toni nerveusement, tendant son permis au policier qui, pendant ce temps-là, examinait sa chaussure à la lumière de sa torche.

« Excusez-moi, voulez-vous une lingette ? ai-je proposé en lui tendant un paquet de lingettes que j'avais attrapé dans mon sac.

— Donnez-moi vos papiers, tous les deux », a continué le policier d'une voix professionnelle, malgré sa chaussure enfoncée dans mon vomi.

J'ai eu l'idée de lui mentir, de lui dire que je n'avais pas ma carte d'identité. Il ne devait surtout pas voir mon nom de famille. On était dans l'obscurité et sa lampe floutait ma vision, de sorte que je ne pouvais pas bien observer son visage. C'était un jeune et mon mari ne fréquentait pas les jeunes. Et la police c'est grand, me suis-je dit pour me rassurer. Peut-être qu'il ne fera pas le rapprochement.

« Vous aussi, madame », m'a-t-il ordonné, constatant que je ne réagissais pas. Je serrais mon sac entre les mains. Enfin, je me suis décidée à la lui montrer. Autrement, il aurait pu me conduire au commissariat de police, ce qui aurait empiré les choses.

« Vous savez de quoi sont passibles vos agissements, a dit le policier de nouveau d'une voix accusatrice, en regardant le permis de Toni.

— Quels agissements ? a lancé Toni. Vomir sur le mont Vodno ?

— Tu vas souffler ou tu continues à faire le malin ? » a crié le policier en braquant la lumière sur ses yeux. Aucune logique dans ses propos, ai-je pensé. Puis il a éclairé la pièce d'identité qu'il tenait dans la main et l'a examinée.

« Spanakoska, Spanakoska », a-t-il répété. Puis il a éclairé mon visage. À ce moment-là, j'ai décelé sur sa bouche un léger sourire. *La femme du chef baise, vomit et chie à Vodno,* l'ai-je imaginé raconter le lendemain à ses collègues. *Si vous voyiez le type qui baise la femme du chef. Un singe merdeux, littéralement ! Ha ha ha !* Ils riaient tous dans le dos du chef.

« Merci, a-t-il dit en nous rendant nos cartes d'identité. Ne revenez plus ici. Et n'allez plus au Trois Faisans. Mon beau-frère a eu des ennuis après avoir mangé des *tchevaptchitchi.* » Il a fait demi-tour et a disparu dans l'obscurité. En contrebas, nous avons perçu le bruit du moteur s'éloigner. Je me suis demandé pourquoi nous ne l'avions pas entendu quand il était arrivé.

Nous sommes montés dans la voiture, chacun à sa place. « Donne-moi tes mouchoirs », a dit Toni et il s'est essuyé le visage, le cou, les mains. Moi aussi, je me nettoyais mais la puanteur planait toujours entre nous. Plus d'effluve de son parfum ni de l'odeur de lavande. Il a mis le contact, le tableau de bord s'est éclairé et la radio s'est allumée, mais cette fois on a entendu des chuintements, et le voyant d'essence s'est mis à clignoter pour signaler qu'on était sur la réserve. « Non, elle ne nous laissera pas au milieu du Vodno, ne te fais pas de souci », m'a dit Toni en essayant de sourire, mais je n'ai pas trouvé ça drôle.

Je le regardais de nouveau pendant qu'il conduisait. Mais qu'est-ce que je lui ai trouvé, ai-je pensé. De profil, il ressemble encore plus à un néandertalien. Même ses petits cheveux sont ridicules – de rares et courtes mèches comme si sa mère lui avait fait une coupe maison. Ses doigts ressemblaient à de petites saucisses et semblaient minuscules proportionnellement à son corps. En l'observant, j'ai remarqué que son buste était trop court et qu'avec ses longs bras et ses poignées d'amour on aurait dit une araignée. Mais qu'est-ce que je lui ai trouvé, me suis-je de nouveau demandé. Ce n'est pas non plus un grand intellectuel. Il travaille depuis des années sans réussir à percer avec une étude ambitieuse. Il ne fait que suivre des projets internationaux qui n'aboutissent pas. J'ai senti monter une colère contre ma conseillère et Irena, qui m'avaient incitée à penser que Toni me plaisait, en me disant que je lui plaisais. Ça faisait longtemps que je n'avais pas plu à quelqu'un. Je me suis fait pitié et mon regard s'est brouillé de larmes. Quand Boban l'apprendra, il va cesser de m'aimer, ai-je songé, rongée par le remords. Je voulais que Toni disparaisse à jamais. Il n'a rien à voir avec Boban, mon mari bien-aimé, l'amour de ma vie.

Nous sommes arrivés devant mon immeuble. Toni s'est tourné vers moi en regardant le frein à main. Il appuyait dessus tout en me parlant : « Tout ça... tu sais... ça doit rester entre nous. » Quel con, ai-je pensé. Il croit peut-être que je vais aller me vanter au bureau en disant que c'est un bon coup ? « Et demain, je vais appeler le restaurant. C'est la faute du foie grillé. »

Ce n'est qu'en entrant dans le hall éclairé de mon immeuble que j'ai réalisé à quel point j'étais couverte de vomi et puante. J'ai pénétré dans l'appartement. Heureusement, Boban dormait.

Composition : PCA
Achevé d'imprimer
sur Roto-Page
par l'Imprimerie Floch
à Mayenne, en septembre 2022.
Dépôt légal : septembre 2022.
1er dépôt légal : juin 2022.
Numéro d'imprimeur : 101158.
ISBN 978-2-07-295177-0 / Imprimé en France.

558315